성냥팔이 소녀
성공기

성냥팔이 소녀 성공기

한국경제신문*i*

다시 시작하는
노미의 이야기

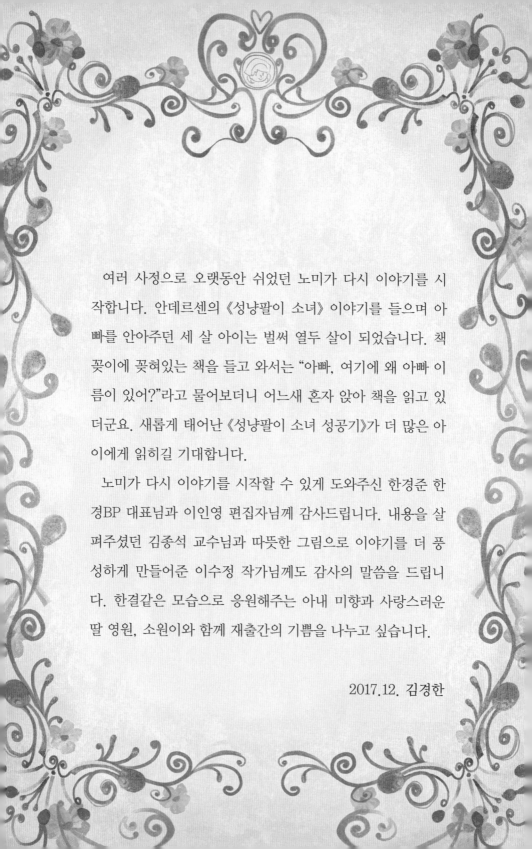

여러 사정으로 오랫동안 쉬었던 노미가 다시 이야기를 시작합니다. 안데르센의 《성냥팔이 소녀》 이야기를 들으며 아빠를 안아주던 세 살 아이는 벌써 열두 살이 되었습니다. 책꽂이에 꽂혀있는 책을 들고 와서는 "아빠, 여기에 왜 아빠 이름이 있어?"라고 물어보더니 어느새 혼자 앉아 책을 읽고 있더군요. 새롭게 태어난 《성냥팔이 소녀 성공기》가 더 많은 아이에게 읽히길 기대합니다.

노미가 다시 이야기를 시작할 수 있게 도와주신 한경준 한경BP 대표님과 이인영 편집자님께 감사드립니다. 내용을 살펴주셨던 김종석 교수님과 따뜻한 그림으로 이야기를 더 풍성하게 만들어준 이수정 작가님께도 감사의 말씀을 드립니다. 한결같은 모습으로 응원해주는 아내 미향과 사랑스러운 딸 영원, 소원이와 함께 재출간의 기쁨을 나누고 싶습니다.

2017.12. 김경한

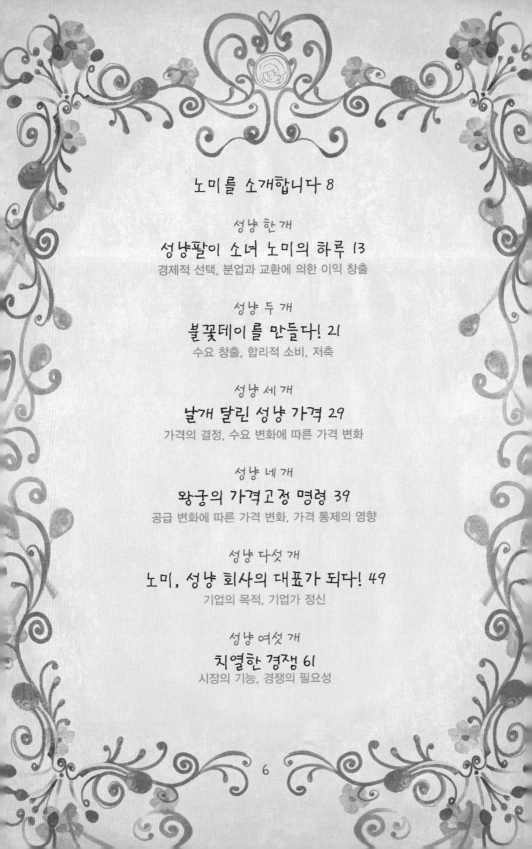

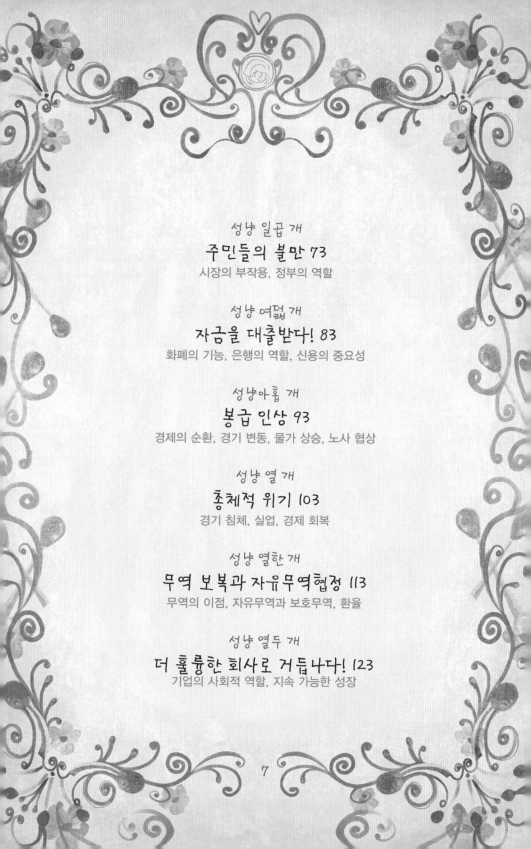

노미를 소개합니다

'성냥팔이 소녀'는 어린 시절 누구나 한 번쯤 접해본 동화입니다. 한 소녀가 추운 겨울 성냥을 팔다가, 너무 추운 나머지 성냥을 하나씩 켜면서 추위를 달래는 이야기입니다. 하지만 소녀는 결국 할머니가 기다리는 하늘나라로 가고, 동화는 끝을 맺습니다.

사실, 저는 어른이 돼서야 그 동화를 끝까지 읽을 수 있었습니다. 성냥팔이 소녀가 결국 죽게 된다는 것도 뒤늦게 알게 됐죠. 세 살 난 딸에게 《성냥팔이 소녀》를 읽어주던 저는 마지막 장을 채 다 읽어주지 못하고 눈시울을 붉히고 말았습니다. 딸에게 동화책을 읽어주다 말고 멍하게 앉아있는 저를 아내는 이상한 눈으로 바라보았고, 딸은 "울지 마" 하면서 저를 안아주더군요. 전 서른이 넘어서야 성냥팔이 소녀를 제대로 만났던 것입니다.

한 소녀가 죽음에 이르는 과정을 묘사한 원작은 저에게 꽤 큰 충격을 줬습니다. 추위에 떨고 있는 여자아이의 모습이 제 머릿속에서 계속 맴돌았습니다. 그러던 중 문득 성냥팔이 소녀를 새로운 모습으로 탄생시켜야겠다는 생각이 들었습니다. 적어도 동화라면, 꿈과 희망을 이야기할 수 있어야 한다고 생각했기 때문입니다.

그리고 우리의 삶에서 필요한 최소한의 경제경영 원리를 함께 담기로 했습니다. 경제에 대한 이해는 우리에게 합리적인 의사결정과 효율적인 경제활동을 가능하게 해, 보다 윤택하면서도 창조적인 삶을 영위할 수 있도록 할 것이라는 믿음 때문입니다. 적어도, 추운 겨울 길가에 앉아 마냥 성냥불만 켜고 있지는 않겠죠.

그래서 새로운 성냥팔이 소녀의 이야기를 준비하면서는 경제학 서적을 읽기 시작했습니다. 제가 경제학 전문가가 아닌 만큼 오히려 더 쉽게 이야기를 풀어나갈 수 있겠다는 생각도 들었습니다.

《성냥팔이 소녀 성공기》의 시작은 마치 어린이들을 위한 동화인 것처럼 시작합니다. 누구나 부담 없이 이야기 속에 들어갈 수 있도록 했습니다. 그러나 이야기가 계속 전개되면서는 주인공들이 보다 실제적이고 폭넓은 선택의 기로에 놓이게 된다는 것을 알게 될 것입니다. 분업과 교환에 대한 이야기로 시작해 어느 순간 노사문제와 환율, 자유무역협정에 대한 고민까지 언급됩니다.

이 책은 여러분이 주인공과 함께 고민할 수 있도록 친절하게 안내해줄 것입니다.

주인공인 성냥팔이 소녀의 이름은 '노미'입니다. 그리고 노미와 함께하는 남자아이의 이름은 '이코'입니다. '경제'라는 뜻의 영어단어인 '이코노미(Economy)'에서 따온 이름이죠.

노미는 추위에 언 손을 녹이며 성냥을 팔아 하루하루 힘겹게 살아가는, 우리가 알고 있던 성냥팔이 소녀지만 어떤 상황에서도 꿈과 희망을 잃지 않는 아이입니다. 노미가 어떻게 한 회사의 대표가 되고 또 그 회사를 더 크고 훌륭한 회사로 성장시켜 나가는지 지켜봐주세요.

《성냥팔이 소녀 성공기》가 노미만의 이야기로 끝나지 않기를 바라는 마음입니다. 이 책을 읽는 모든 사람들이 노미를 통해 꿈과 희망을 찾고, 도전할 수 있는 용기를 얻기 바랍니다. '성공'보다 더 가치 있는 것은 간절한 꿈을 향해 첫 발을 내딛는 '용기'니까요.

2011.4. 김경한

성냥 한개

성냥팔이 소녀 노미의 하루

경제적 선택,
분업과 교환에 의한 이익 창출

**친구들과 놀고 싶지만 지금은 성냥을 팔아야 해.
하고 싶은 일이 많지만 꼭 필요한 일을 해야지.**

해님 왕국에 겨울이 다가왔습니다.

바람이 점점 쌀쌀해졌지만 성냥팔이 소녀 노미는 오늘도 혼자 집을 나섰습니다. 노미가 성냥을 팔아야 돈을 벌 수 있고, 그 돈으로 가족들이 먹을 빵과 난로의 땔감을 살 수 있기 때문입니다.

노미는 마을광장을 지나며 술래잡기와 공놀이를 하는 아이들을 만났습니다. 술래잡기 놀이는 노미가 좋아하는 놀이입니다. 노미는 친구들과 함께 술래잡기 놀이를 하고 싶었습니다.

하지만 친구들과 신나게 놀고 나면 성냥을 팔지 못합니다. 성냥을 팔지 못하면 빵과 땔감을 살 수 없어 동생들은 내일까지 배고픔과 추위에 떨어야 합니다. 노미는 놀고 싶은 마음을 억누르며 발걸음을 옮겼습니다.

'친구들과 놀고 싶지만 지금은 성냥을 팔아야 해. 하고 싶은 일이 많지만 꼭 필요한 일을 해야지.'

노미의 집에서 성냥공장까지는 꽤 먼 거리입니다. 그래서 노미는 늘 행복한 상상을 하면서 그 길을 걸어갑니다. 즐겁고 행복한 상상을 하면 먼 길을 걸어도 지겹지 않고 다리도 아프지 않기 때문입니다.

노미는 종종 맛있는 딸기가 올려져 있는 생크림 케이크를 먹는 상상을 합니다. 공주님처럼 예쁜 옷을 입고 궁전 같은 집에서 사는 상상도 합니다. 친구들과 함께 학교에 다니고, 수업을 마치면 마을광장과 뒷동산에서 술래잡기도 합니다. 멋진 자동차를 타고 여행도 다닙니다. 저녁에는 푹신푹신한 이불 속에서 동화책을 읽다 잠이 듭니다.

노미는 성냥공장 앞에 도착해서야 상상에서 깨어났습니다. 갑자기 추위와 배고픔이 느껴졌습니다.

"지금은 모든 것이 부족하지만 언젠가는 여유를 찾고 행복해질 수 있을 거야."

노미는 혼자 중얼거리며 성냥공장 문을 열었습니다. 공장에는 팩토리 아저씨가 기다리고 있었습니다.

"안녕하세요? 팩토리 아저씨!"

"응, 노미 왔구나. 날씨가 많이 춥지?"

"괜찮아요."

"이리 와서 따뜻한 차라도 한잔 마시려무나."

"고맙습니다."

노미는 찻잔에 손을 녹이면서 공장을 둘러봤습니다. 성냥공장은 언제 봐도 신기합니다. 사람들은 저마다 자기가 맡은 일을 하면서 성냥을 만듭니다.

창고지기 아저씨가 창고에 쌓아둔 나무를 가져오면 목수 아저씨는 나무를 일정한 크기로 잘라내고 손질합니다. 공작기사 아저씨는 나무를 기계에 넣어 성냥 막대 크기만큼 자릅니다. 그러는 사이 약품기사 아저씨는 성냥에 바를 빨간 인을 만듭니다. 성냥 막대에 빨간 인을 바르는 건 기계의 몫입니다.

한쪽에선 상자조립 아주머니가 성냥상자를 조립합니다. 마지막으로 포장 아주머니들이 완성된 성냥들을 성냥상자에 적당히 담으면 성냥이 완성됩니다. 여러 사람이 일을 나눠 하면서 성냥을 훨씬 빨리 만들 수 있었습니다.

팩토리 아저씨가 물었습니다.

"오늘은 성냥을 얼마나 줄까?"

"아저씨, 죄송하지만 오늘은 제가 돈이 하나도 없어요. 성냥을 팔고 나서 돈을 드리면 안 될까요?"

"그래? 그러면 그렇게 하려무나. 그 대신 이번 주 중으로는 줘야 해."

"네, 알겠습니다. 고맙습니다!"

노미는 팩토리 아저씨에게 인사를 하고 마을광장으로 출발했습니다.

"성냥 사세요! 성냥 사세요!"

노미는 마을광장에서 성냥을 팔았습니다.

"오늘은 난로를 피우고 따뜻한 수프로 저녁 식사를 하세요! 성냥 사세요!"

날씨가 쌀쌀해지면서 성냥을 사는 사람이 제법 많아졌습니다. 저녁 무렵이 돼 날이 어둑어둑해질 때까지 노미는 성냥을 팔았습니다. 그리고 가지고 나온 성냥을 모두 다 팔았습니다.

"오늘은 수입이 괜찮은걸."

노미는 중얼거리면서 빵집 문을 열었습니다.

"오! 노미 왔구나."

빵집 브레드 아저씨가 노미를 반겼습니다.

"아저씨, 오늘은 성냥을 다 팔았어요."

"그렇구나, 그만큼 날씨가 쌀쌀해진 게지."

소녀는 성냥을 판 돈으로 내일까지 먹을 빵을 샀습니다. 가끔 성냥이 안 팔리는 날은 돈 대신 성냥을 주고 빵을 사기도 합니다. 물론 돈으로 계산하는 게 제일 좋지만 성냥과 빵을 교환하는 것도 빵이 필요한 노미와 성냥이 필요한 브레드 아저씨 사이에서만 가능한 거래입니다.

'오늘은 땔감을 좀 더 사야겠는걸.'

빵집을 나선 노미는 장작을 파는 우드 아저씨네로 향했습니다. 장작은 노미처럼 가난한 사람들이 많이 삽니다. 노미가 사는 왕국처럼 숲이 많은 나라에서는 장작값이 싸기 때문입니다.

장작보다 조금 더 비싼 건 석탄입니다. 석탄은 멀리 떨어진 석탄 광산에서 광부 아저씨들이 캐어냅니다. 그리고 자동차나 기차를 이용해 노미가 사는 마을까지 운반됩니다.

석탄보다 더 비싼 건 기름입니다. 기름은 부자들만 살 수 있습니다. 노미가 사는 왕국에서는 기름이 나지 않아 이웃의 달님 왕국에서 사야 하기 때문입니다. 기름은 배로 운반해 와서 또다시 기차로 마을까지 운반됩니다.

"우드 아저씨 안녕하세요?"

"노미 왔구나, 성냥은 많이 팔았니?"

"네, 우드 아저씨도 장작을 많이 파셨나 봐요."

"날씨가 쌀쌀해지면 장작을 찾는 사람들이 많아지지."

"오늘은 장작 두 묶음 주세요."

"그래 알았다. 오늘 저녁까지 배달해 주면 되지?"

"네, 고맙습니다."

"더 어둡기 전에 일찍 들어가렴."

"안녕히 계세요!"

노미는 남은 돈을 세어봤습니다. 성냥공장 팩토리 아저씨에게 돈을 갚고 또 새로운 성냥도 충분히 살 수 있었습니다. 노미는 집에서 기다리는 동생들을 생각하며 발걸음을 옮겼습니다.

성냥 두 개

불꽃데이를 만들다!

수요 창출, 합리적 소비, 저축

바로 그거야!
사람들이 성냥을 더 필요로 하도록 만드는 거지.

성냥팔이 소녀 노미는 오늘도 성냥을 팔기 위해 광장으로 나왔습니다. 날씨가 더 쌀쌀해진 것 같아, 어제보다 더 많은 성냥을 가지고 나왔습니다.

'오늘 성냥을 다 팔면 돈이 꽤 남겠는걸?'

노미는 차가운 바람을 맞으며 성냥을 팔았습니다. 하지만 오후가 돼 날이 어둑어둑해지도록 어제보다 더 많은 성냥을 팔지는 못했습니다. 노미는 사람들이 성냥을 필요한 양보다 더 많이 사지는 않는

다는 걸 알았습니다.

'사람들은 왜 성냥을 많이 사지 않는 걸까?'

노미는 남은 성냥을 바라보면서 생각에 잠겼습니다.

'성냥은 불을 붙이는 데 꼭 필요한 물건이지만 그것 외에는 다른 가치가 없고 만족을 줄 수도 없어. 반대로 목걸이는 없어도 되는 물건인데도 사람들이 비싼 돈을 주고 사지. 예쁜 목걸이를 가지고 있으면 친구들이 부러워하니까. 하지만 성냥을 많이 가진다고 해서 사람들이 더 큰 만족을 느끼진 않아. 그게 목걸이와 성냥의 차이야.'

노미는 어떻게 하면 성냥을 더 많이 팔 수 있을까 고민했습니다.

"노미야, 뭐하니?"

신문배달 소년 이코가 노미 바로 앞까지 와서 말했습니다. 이코는 신문배달을 끝내고 집으로 가는 길이었습니다.

"아! 이코구나. 네가 온 줄도 몰랐어."

"무슨 생각을 그렇게 하는 거야?"

"아… 그냥."

"그냥 뭘?"

이코는 노미 옆에 나란히 앉았습니다.

"성냥을 더 많이 팔 수 있는 방법이 없을까 해서 말이야."

"그래? 그러고 보니 오늘 성냥을 다 못 팔았구나."

"응. 뭔가 좋은 방법이 없을까?"

"성냥을 많이 파는 방법이라…. 성냥을 많이 파는 방법…. 그거야 사람들이 성냥을 많이 사게 하면 되지!"

"그러니까 사람들이 성냥을 많이 사도록 하는 방법이 뭐냐고!"

이코도 머리를 긁적이며 고민에 빠졌습니다. 한참을 고민하던 이코가 무릎을 탁 쳤습니다.

"그래! 성냥의 날을 만드는 거야! 불꽃데이를 만들자!"

"불꽃데이?"

"응, 겨울의 가장 추운 기간에 불꽃데이 행사를 만들어서 성냥을 태우도록 하는 거야!"

"성냥을 태우라고?"

"그러니까 성냥을 쌓아 태우면서 한 해의 행복을 기원하는 거야!"

"성냥을 태우면서…. 그것 괜찮은 생각인데? 그럼 사람들은 불을 지피기 위한 것 말고도 불꽃데이를 위한 성냥도 사겠다!"

"바로 그거야! 사람들이 성냥을 더 필요로 하도록 만드는 거지!"

노미와 이코는 눈을 반짝이며 서로를 바라봤습니다.

"이코야, 너 정말 머리가 좋구나."

"하하! 뭘, 신문배달을 하면서 보고 들은 게 도움이 됐다고 해야 하나?"

"하지만 사람들에게 불꽃데이를 어떻게 알리지?"

"걱정 마, 내가 신문을 배달할 때 불꽃데이를 알리는 광고지도 같이 전해줄 테니.”

“와! 정말? 그러면 신문을 보는 사람들은 모두 불꽃데이를 알게 되겠네.”

“당연하지! 그럼 오늘부터라도 불꽃데이를 홍보하는 광고지를 만들자.”

노미는 성냥을 더 많이 팔 수 있을 것이라는 확신이 생겼습니다.

“그래, 당장 광고지를 만들자. 그리고 불꽃데이 기간에는 성냥을 조금 싸게 팔아서 더 많은 사람이 성냥을 사도록 만드는 거야.”

노미는 선뜻 도와주는 이코가 고마웠습니다.

“좋아, 이코야 만약 평소보다 성냥을 더 많이 팔게 되면 더 많이 번 돈의 절반을 너에게 줄게.”

“우와! 절반씩이나?”

“멋진 아이디어도 알려주고 홍보까지 해준다니 그 정도는 줘야지, 안 그래?”

“고마워, 그럼 더 열심히 광고지를 전해줘야겠군.”

이코와 노미는 정성껏 불꽃축제 광고지를 만들었습니다. 성냥을 태울 때, 불이 번져 사고가 나지 않도록 조심하라는 내용도 빠뜨리지 않았습니다.

이코는 열심히 광고지를 전했고 노미도 마을 구석구석 벽에다 광고지를 붙였습니다.

사람들은 조금씩 불꽃데이 행사에 호기심을 보였습니다. 그래서 불꽃데이를 준비하는 사람들이 성냥을 더 많이 사기 시작했습니다.

그리고 아주 추운 겨울날, 불꽃데이 행사가 시작하는 날이 되자 사람들은 가족끼리 그리고 사랑하는 연인끼리 모여 성냥을 태웠습니다.

사람들은 성냥을 태우며 꿈과 희망, 그리고 사랑과 행복에 관한 이야기를 나눴습니다. 성냥을 태우기 위해 여기저기 모여 앉은 사람들은 모두 즐거워 보였습니다.

불꽃데이 행사가 본격적으로 시작되자 성냥을 찾는 사람들이 훨씬 더 많아졌습니다. 그리고 노미가 혼자서 성냥을 운반할 수 없을 정도가 되자 이코도 함께 성냥을 팔았습니다.

불꽃데이 행사를 통해 노미는 평소보다 열 배나 많은 성냥을 팔 수 있었습니다. 불꽃데이 행사가 끝나자 노미는 이코를 집으로 초대했습니다.

"이코야, 도와줘서 고마워."

"아니야 덕분에 나도 많은 걸 경험할 수 있었는걸?"

"참! 우리가 얼마나 많이 팔았는지 아니? 평소보다 무려 열 배나 많은 성냥을 팔았어!"

"와! 대단한걸! 금방 부자가 되겠다!"

이코와 노미는 서로를 보며 웃었습니다.

"여기 너와 약속한 돈이야, 더 많이 번 돈의 반을 너에게 주기로 했잖아."

"이야, 벌써 부자가 된 기분인걸? 내일 당장 평소에 갖고 싶었던 멋진 모자와 자전거를 사야겠다!"

이코는 흥분된 목소리로 말했습니다. 하지만 노미는 이코와는 다른 생각을 하고 있었습니다.

"돈이 생겼다고 그렇게 막 쓰면 못써! 여유가 생겼을 때 오히려 저축을 해둬야지!"

"그래도 사고 싶은 걸 어떡해."

"그럼 일단 모자만 사, 그리고 나중에 돈을 더 벌면 그때 자전거를 사면 되지. 지금 자전거까지 사면 남는 돈이 하나도 없잖아!"

"그렇구나. 내가 저축을 별로 안 해봐서 말이야."

"나중에 네가 아파서 신문배달을 못할 때도 대비해야 하지만 더 큰 일을 하기 위해서라도 돈을 모아 두는 게 좋을 거야."

"네! 명심하겠습니다! 노미 선생님!"

"하하, 잔소리가 조금 심했나?"

성냥팔이 소녀 노미는 동생들이 좋아하는 카스텔라 빵을 사주기로 약속했습니다. 그리고 나머지 돈은 모두 저축하기로 했습니다.

노미는 침대에 누워, 불꽃데이 기간 동안 신나게 성냥을 팔던 기억을 떠올렸습니다. 그리고 태어나서 처음으로 경험하는 경제적인 여유에, 마음이 든든해지는 것을 느꼈습니다.

성냥 세개

날개 달린 성냥 가격

가격의 결정,
수요 변화에 따른 가격 변화

사람들은 성냥 가격이 오르기 시작하니까 나중에 더 비싸질까 봐 조금이라도 쌀 때 많이 사두려고 하는 것 같아.

한 해가 지나고 또다시 겨울이 되었습니다. 그리고 불꽃데이도 점점 가까이 다가왔습니다. 이코와 노미는 이번에도 많은 돈을 벌 수 있을 것이라는 기대에 불꽃데이를 홍보하는 광고지를 뿌리고 벽보도 붙였습니다.

바람이 쌀쌀해지면서 노미는 성냥을 점점 더 많이 팔 수 있었습니다. 물론 날씨가 추워진 이유도 있지만 무엇보다 불꽃데이를 준비하는 사람들이 성냥을 사기 때문입니다.

사람들은 가족이나 연인끼리 불꽃데이 행사를 준비했습니다. 그리고 직장이나 마을 단위의 큰 행사도 준비했습니다. 성냥팔이 소녀는 매일 가지고 나온 성냥을 다 팔았습니다. 더 많은 성냥을 가지고 나와도 그만큼 많은 사람이 성냥을 찾기 때문에 저녁이 되기 전에 일찌감치 성냥은 동이 났습니다.

"올해 불꽃데이는 작년보다 훨씬 더 큰 규모가 되겠는걸?"

이코가 말했습니다.

"응, 사람들이 성냥을 아주 많이 사네?"

"올해는 자전거를 꼭 사고 말 테야!"

"그래, 우리 열심히 팔자!"

불꽃데이가 이틀 앞으로 다가왔습니다. 사람들은 불꽃데이 행사 준비를 마무리하느라 분주했습니다. 성냥을 사는 사람들도 갑자기 많아졌습니다. 아직 불꽃데이에 쓸 성냥을 마련하지 못한 사람들이 많았기 때문입니다.

사람들은 노미의 성냥을 사기 위해 줄을 서서 기다렸습니다. 성냥 공장은 멀고, 마을에서 성냥을 파는 사람은 노미뿐이어서 사람들은 아침부터 노미를 기다렸습니다.

그런데, 큰일이 생겼습니다. 오후가 돼 노미가 가져온 성냥이 다 팔렸는데도 성냥을 사려고 기다리는 사람들은 아직 많이 남아 있었습니다.

"여러분 죄송해요, 오늘은 더 이상 팔 수 있는 성냥이 없어요."

"뭐라고? 한 시간이나 기다렸는데 성냥이 없다고?"

"네, 내일 더 많은 성냥을 가져와서 팔게요."

사람들은 한숨을 쉬며 돌아갔습니다. 어떤 사람들은 불꽃데이에 쓸 성냥을 아직도 구하지 못했다며 발을 동동 굴렀습니다.

집으로 돌아가려는 노미에게 한 아저씨가 다가와 말했습니다.

"노미야, 내일 성냥을 가져오면 제일 먼저 나에게 팔거라."

"제일 먼저요?"

"그래, 그렇게 해주면 내가 성냥값을 두 배로 쳐줄 테니 나에게는 꼭 팔아야 한다."

"네, 그렇게 할게요."

노미는 성냥값을 두 배로 받을 수 있어 신이 났습니다. 그러자 그 옆에 있던 다른 아저씨도 말했습니다.

"노미야, 나도 성냥값을 두 배로 쳐줄 테니 내게도 성냥을 팔아야 해."

노미는 불꽃데이가 다가오자 많은 사람이 값을 더 비싸게 주고서라도 성냥을 사려 한다는 것을 알았습니다.

다음 날 노미와 이코는 아침 일찍 성냥을 들고 마을광장에 도착했습니다.

노미를 기다리던 사람들은 먼저 성냥을 사기 위해 서로 밀고 당겼습니다.

"여러분, 성냥이 부족해요. 그래서 가격을 더 비싸게 받겠습니다!"

"아니, 뭐라고?"

"성냥 가격은 어제의 두 배입니다!"

기다리던 사람 중 몇 명은 실망한 표정으로 광장을 떠났습니다. 떠난 사람들은 대부분 가난해서 불꽃데이를 즐길 여유가 없었습니다.

그러나 남은 사람들은 여전히 많았습니다.

성냥이 거의 다 팔릴 때가 되자 뒷줄에 서있던 한 할아버지가 노미에게 외쳤습니다.

"노미야! 성냥값을 세 배로 쳐줄 테니 나에게 먼저 성냥을 팔려무나!"

"그래 노미야, 나도 세 배를 줄 테니 남은 성냥을 나에게 먼저 팔면 안 되겠니?"

노미는 당황한 표정으로 어떻게 하면 좋을까 고민했습니다. 그러자 앞줄에서 성냥을 사기 위해 기다리던 사람들도 똑같이 말했습니다.

"노미야 우리도 성냥 가격을 세 배로 줄 테니 그냥 순서대로 팔거라."

이코와 노미는 오늘도 성냥을 다 팔았습니다. 평소보다 두 배, 세 배나 받고 성냥을 더 비싸게 팔 수 있었습니다.

성냥 가격이 비싸지면 성냥을 사는 데 더 많은 돈을 쓸 수 있는 사람들만 성냥을 살 수 있었습니다. 반대로 그런 여유가 없는 가난한 사람들은 장작에 불을 지필 수 있을 정도의 꼭 필요한 만큼만 성냥을 샀습니다.

성냥 가격이 더 비싸지자 어떤 사람들은 불을 지필 성냥도 구할 수 없어 이웃집에 불을 빌리러 다니는 경우도 생겼습니다.

이코는 성냥 가격을 더 비싸게 받을 수 있어서 신이 났습니다. 하지만 노미는 가난한 사람들이 성냥을 사지 못해 그냥 돌아가는 모습을 보며 안타까움을 느꼈습니다.

'불꽃데이를 위해 성냥을 사는 사람들 때문에, 가난한 사람들은 오늘 저녁밥을 준비하기 어렵게 됐구나.'

노미는 집으로 돌아오는 길에 많은 고민을 했습니다.

'성냥을 더 많이 만들고 더 많이 팔 수 있다면, 성냥값을 이렇게 비싸게 받지 않아도 될 텐데….'

"무슨 생각을 그렇게 하니?"

이코가 노미에게 물었습니다.

"응, 사람들은 왜 그렇게 비싼 돈을 주고서라도 성냥을 사려고 할까?"

"그거야 우리가 원하던 바가 아니야? 불꽃데이 행사 덕분이잖아."

"꼭 그렇지만은 않은 것 같아."

"그러면?"

"불꽃데이 행사는 꼭 할 필요도 없고 또 간단하게 해도 되잖아."

"그렇긴 하지."

“사람들은 성냥 가격이 오르기 시작하니까 나중에 더 비싸질까 봐 조금이라도 쌀 때 많이 사두려고 하는 것 같아.”

“응, 이미 성냥을 많이 샀던 사람들도 다시 와서 성냥을 사는 걸 봤어.”

노미는 고개를 갸우뚱하면서 계속 말했습니다.

“그리고 성냥을 대신할 다른 물건이 없고 또 나 말고는 성냥을 파는 사람도 없잖아?”

"그만큼 성냥이나 성냥을 파는 사람이 귀해진 거지."

"그래, 사람들이 많이 찾고 또 양이 부족하니까 값싼 성냥도 점점 귀한 물건이 되는 것 같아."

"어쨌든 성냥 가격이 점점 비싸지면서 이번 불꽃데이도 대성공이야!"

"하지만 성냥을 더 많이 가져와야겠어. 그래서 꼭 필요한 사람들에게는 싼 가격에라도 나눠줘야 할 것 같아."

노미의 말에 이코가 잠시 생각하더니 눈을 반짝이며 말했습니다.

"성냥의 가격을 다르게 하는 건 어떨까? 성냥의 양을 절반으로 줄이고 가격도 절반인 상품을 만드는 거지. 그러면 성냥을 필수품으로 사용하는 사람들은 양이 적은 만큼 싸게 살 수 있잖아."

"그것도 괜찮은 방법이네. 반대로 성냥이 두 배로 많은 상품이 있으면 성냥이 많이 필요한 사람들이 좋아하겠다."

"그렇지! 당장 팩토리 아저씨에게 이야기하자."

팩토리 아저씨는 노미에게 다양한 가격의 성냥을 만들어줬습니다.

노미는 사람들의 필요에 맞춰 성냥을 팔면서 전보다 더 많은 돈을 벌 수 있었습니다.

성냥 네 개

왕궁의 가격고정 명령

공급 변화에 따른 가격 변화,
가격 통제의 영향

결국, 노미를 비롯한 성냥팔이들은 내일이 되기도 전에 당장 오늘부터 성냥을 반값에 팔아야 했습니다.

불꽃데이 행사를 통해 노미는 아주 많은 돈을 벌었습니다. 이코도 이번에는 자전거를 살 수 있을 만큼 충분한 돈을 벌었습니다.

마을에는 노미가 성냥을 팔아 많은 돈을 벌었다는 소문이 퍼졌습니다. 그러자 노미처럼 성냥을 파는 사람들이 하나둘 늘어나기 시작했습니다. 성냥 가격이 비싸지자 성냥을 팔아 돈을 벌려는 사람들이 생기기 시작한 것입니다.

하루는, 노미가 성냥을 팔러 마을광장에 나오자 노미가 성냥을 팔던 자리에서 한 아저씨가 성냥을 팔고 있었습니다.

“아저씨, 아저씨도 저처럼 성냥을 파는 건가요?”

“그래 노미야, 이 아저씨도 이제 성냥을 팔아 가족을 먹여 살려야 할 것 같아.”

“네, 그런데 지금까지 그랬던 것처럼, 이 자리에서만큼은 제가 성냥을 팔면 안 될까요?”

“미안하지만 노미야, 마을광장은 누구나 사용하는 곳이니 오늘은 네가 양보하렴. 아침에 일찍 와서 먼저 자리를 잡으면 그 사람이 임자 아니겠니?”

결국 노미는 아저씨가 있는 곳의 반대편에서 성냥을 팔았습니다. 마을광장에는 노미를 빼고도 한 명의 아저씨와 두 명의 아주머니가 성냥을 팔았습니다. 뿐만 아니라 골목 곳곳에서도 이젠 성냥을 파는 사람들을 쉽게 찾을 수 있었습니다.

성냥팔이들이 많아지자 성냥 가격은 더 이상 오르지 않았고 오히려 조금씩 떨어지기 시작했습니다. 마을 사람들은 누가 성냥을 더 싸게 파는지 비교해보고 샀기 때문입니다.

노미는 다른 성냥팔이보다 조금 더 싸게 성냥을 팔기 위해 노력했고, 또 조금 더 친절하게 손님을 대하기 위해 노력했습니다.

성냥팔이들이 많아진 만큼이나 성냥공장도 더 생겨서 여러 색깔, 여러 모양의 성냥이 등장했습니다. 성냥을 만드는 기술도 더 발전했기 때문입니다.

하루는 이코가 배달하고 남은 신문을 노미에게 들고 왔습니다.

"노미야, 이것 봐!"

"이게 뭐니?"

"우리 해님 왕국에서 불꽃데이를 왕국의 축제로 정했어!"

"그래? 그러면 불꽃데이가 왕국의 기념일이 되는 거야?"

"응, 그리고 이젠 불꽃데이가 아니라 불꽃축제야. 일주일 동안 성냥을 태우는 행사뿐만 아니라 불꽃놀이와 서커스 공연도 한대!"

"정말 재미있겠다!"

"대단하지 않아? 우리가 시작한 행사가 왕국의 축제가 되다니!"

"그래, 정말 대단해. 불꽃데이를 생각해낸 이코 너야말로 최고야!"

"헤헤, 역시 날 인정해 주는 건 노미 너밖에 없구나."

"뭘, 그게 사실인걸? 이젠 불꽃축제 기간에 성냥도 팔고 서커스 구경도 다녀야겠네?"

이코와 노미는 들뜬 표정으로 서로를 바라보며 웃었습니다.

불꽃축제가 해님 왕국의 축제로 지정되자 더 많은 사람이 성냥을 사고 불꽃축제를 즐기기 시작했습니다. 성냥은 불을 붙일 때 꼭 필요한 생활필수품이면서 이제는 왕국의 행사에도 꼭 필요한 물건이 됐습니다.

그리고 성냥을 사는 사람들이 많아진 만큼 파는 사람도 많아져 성냥 가격이 쉽게 오르거나 내리지 않았습니다. 또 성냥 가격이 갑자기 오르거나 내려도 성냥을 사는 사람들은 갑자기 늘어나거나 줄어들지 않았습니다.

그런데 어느 날, 왕궁에서 나온 관리 한 사람이 마을광장에 서서 사람들을 불러 모았습니다. 그리고는 큰 소리로 외쳤습니다.

"에헴, 지금부터 국왕의 명령을 왕국 주민에게 전파하겠다!"

노미도 사람들과 함께 관리의 말을 들었습니다.

"국왕은 불꽃축제가 왕국의 축제로 지정된 것을 매우 기쁘게 생각한다! 그러나 성냥은 우리 왕국 주민들에게 없어서는 안 될 매우 중요한 물건이다! 국왕은 불꽃축제 때문에 가난한 사람들이 성냥을 구하지 못할 것을 심히 염려하는 바이다! 특히, 불꽃축제가 다가오면서 성냥의 가격이 조금씩 비싸지고 있고 앞으로도 성냥 가격이 계속 오를 것이 예상된다! 이에 국왕은 내일부터 우리 해님 왕국 내에서 파는 모든 성냥의 가격을 지금 판매하는 가격의 절반 가격으로 고정시킬 것을 명령한다. 앞으로는 누구도 성냥을 더 비싸게 팔거나 사면 안 된다! 국왕의 명령을 어길 경우 반드시 처벌할 것이다!"

사람들은 술렁이기 시작했습니다. 내일부터 성냥을 반값에 살 수 있다는 생각에 모두들 즐거워하는 눈치였습니다.

'이제 어떡하지? 성냥을 훨씬 더 많이 팔아야 하는 걸까?'

노미는 아득한 기분에 빠졌습니다.

"성냥 장사도 이제 글렀군."

노미의 옆에서 성냥을 팔던 한 아저씨가 한숨 섞인 목소리로 말했습니다.

"성냥 가격을 강제로 낮추면 남는 게 없을 테니, 다른 일을 알아봐야겠어. 노미 넌 어떻게 할 거니?"

"아직 모르겠어요. 제가 아는 건 성냥밖에 없어서요."

관리의 말이 끝난 이후에는 성냥을 사는 사람이 없었습니다. 모두 내일까지는 기다렸다가 성냥을 사려는 것 같았습니다. 결국, 노미를 비롯한 성냥팔이들은 내일이 되기도 전에 당장 오늘부터 성냥을 반값에 팔아야 했습니다.

다음 날이 됐습니다. 사람들은 가격이 절반밖에 안 되는 성냥을 사기 위해 광장으로 몰려나왔습니다. 그들은 불을 지피기 위해 또 불꽃축제를 준비하기 위해 성냥을 샀고, 가격이 싼 만큼 더 많은 성냥을 샀습니다.

성냥은 금방 다 팔렸습니다. 그다음 날도, 또 그다음 날도 성냥은 계속해서 동이 났습니다. 그리고 성냥공장에서 만드는 성냥의 양보다 사람들이 찾는 양이 많아지자, 결국 성냥공장에서도 충분한 양의 성냥을 제때에 만들어낼 수 없는 상황이 벌어졌습니다.

성냥공장의 창고는 바닥났고, 성냥팔이들조차 성냥공장에서 성냥을 구할 수 없게 됐습니다. 노미는 운 좋게 성냥공장에서 성냥을 받아왔지만 성냥이 부족해졌음에도 불구하고 국왕이 명령한 가격에만 성냥을 팔아야 했습니다. 마을 사람들은 매일같이 길게 줄을 서서 성냥공장에서 만든 성냥이 도착하기만을 기다려야 했습니다.

사람들은 줄을 선 순서대로 성냥을 살 수 있기 때문에, 불을 지피기 위해 꼭 성냥이 필요한 사람들도 이틀이나 사흘을 꼬박 줄을 서서 기다려야 했습니다.

"노미야, 잠시 이야기 좀 하자꾸나."

하루는 집으로 돌아가는 노미에게 한 아주머니가 다가왔습니다. 지나가는 사람이 아무도 없었지만 아주머니는 주위를 두리번거리며 작은 목소리로 말했습니다.

"노미야, 싼값에 성냥을 파니까 남는 게 없지? 내가 가격을 두 배로 쳐줄 테니 나한테 좀 팔려무나."

"아주머니, 죄송하지만 오늘 성냥은 다 팔아서 하나도 가지고 있지 않아요."

"지금 당장이 아니란다. 너는 성냥공장에서 성냥을 구할 수 있지만 나는 구할 수 없단다. 그리고 너는 사람들에게 성냥을 팔 때 왕국에서 정한 가격에만 팔 수 있지만 나는 그렇지 않아."

"네? 그게 무슨 말씀이세요?"

"성냥을 쉽게 구할 수 없게 되니까, 마을의 뒷골목에서는 왕국의 감시를 피해 더 비싼 가격에 성냥이 거래되고 있어. 소위 암시장이라고 부르지."

"그래요? 그러면 처벌받지 않나요?"

노미가 놀란 목소리로 대답하자, 아주머니도 같이 놀라면서 손사래를 쳤습니다.

"쉿, 조용히 해! 일단 내일부터 나한테 물건을 좀 넘겨, 내가 잘 처리해줄 테니까. 알았지?"

노미는 더 많은 돈을 벌 수 있겠다는 생각이 들었습니다. 그러나 왕국의 처벌이 무섭기도 했고 처음 본 아주머니를 믿을 수 있을까 하는 의심도 들었습니다.

"아주머니, 생각할 시간을 주세요."

노미의 대답에 아주머니의 표정이 일그러졌습니다.

"너, 나를 고발할 생각이니?"

"아니에요, 그런 건 아니에요."

"그럼 됐다. 다른 성냥팔이를 알아봐야겠군. 더 많은 돈을 벌 수 있는 좋은 기회인데 말이야…. 지금까지 만난 성냥팔이 중에 가장 바보 같은 성냥팔이로구나."

성냥을 구하기가 어려워지자 암시장도 커졌습니다. 노미가 파는 성냥을 산 뒤, 다시 암시장에 내다 파는 사람들도 많아졌습니다. 노미는 암시장과 거래하지 않기로 마음먹었지만 자신이 판 성냥이 암시장으로 흘러들어가는 것은 마음이 아팠습니다.

불꽃축제가 가까워오던 어느 날, 노미는 성냥을 다 팔지 않고 남겨뒀습니다. 그리고 축제용 성냥을 사는 사람들 때문에 오늘 저녁밥을 지어야 하는데도 불을 구하지 못한 사람들을 찾아 그 사람들에게만 성냥을 팔았습니다.

그런데, 그런 노미를 본 한 아저씨가 노미에게 큰 소리로 말했습니다.

“노미 너, 순서대로 성냥을 팔아야지, 왜 네 마음대로 성냥을 파는 거야!”

그러자 다른 사람들도 노미를 욕하기 시작했습니다.

“성냥팔이면 다야? 먼저 와서 기다리는 사람은 생각도 안 해?”

“여러분! 질서를 흐트러뜨리는 노미를 경찰에 고발합시다!”

노미는 깜짝 놀라 말했습니다.

“여러분, 진정하세요!”

화가 난 사람들은 금방이라도 노미를 경찰서에 끌고 갈 기세였습니다.

“제가 잘못했어요! 이제 안 그럴 테니 그만 진정하세요!”

노미는 할 수 없이 다시 순서대로 성냥을 팔았습니다. 하지만 추운 날 저녁에 불을 지피고 또 밥을 지어야 하는데도 성냥을 못 구하는 사람들을 생각하자 마음이 아팠습니다.

‘왕궁에서 성냥 가격을 싸게 정했으니 왕궁이 나서서 성냥을 더 많이 만들 수 있도록 도와줘야 해.’

노미는 혼자 생각했습니다.

성냥 다섯 개

노미, 성냥 회사의 대표가 되다!

기업의 목적, 기업가 정신

소녀시대 성냥을 좋아하는 사람들은 종종 소녀시대 성냥 주세요! 라고 말하곤 했습니다.

"노미야! 노미야!"

이코가 큰 소리로 노미를 부르며 달려왔습니다. 노미는 성냥을 다 팔고 집으로 가려던 참이었습니다.

"이코야, 무슨 큰일이라도 생겼니?"

"이것 봐, 우리 왕국에서 성냥을 더 많이 만들 수 있도록 도와준대!"

이코는 주머니에서 신문조각을 꺼내 노미에게 보여줬습니다.

“성냥을 만드는 사업을 하는 사람들에게 왕국에서 지원금을 주고 특별한 혜택도 준다고 해!”

“그래! 성냥이 부족하니까 성냥을 더 많이 만들 수 있게 도와주려나 봐.”

“다행이네, 안 그래도 성냥이 부족한 문제에 대해 왕궁이 나서서 해결해야 한다고 생각했거든.”

노미는 웃으며 이코를 바라보았습니다. 이코가 계속 말했습니다.

“더, 좋은 소식! 내일부터 성냥 가격 고정명령이 풀린대!”

“그래? 그것 참 좋은 소식인걸? 이젠 사람들이 불필요하게 줄을 서서 성냥을 마구잡이로 사진 않겠네.”

“그런데 노미야, 나에게 좋은 아이디어가 있어.”

이코는 눈을 반짝이며 노미에게 말했습니다.

“우리 이번 기회에 성냥사업을 한번 시작해보는 건 어때?”

“뭐? 성냥사업?”

“응, 우리가 성냥을 직접 만들어 운반하고 판매까지 하는 회사를 세우는 거야!”

“생각은 좋은데, 우리가 가진 돈이 충분할까?”

이코는 기다렸다는 듯이 말했습니다.

“충분해! 그리고 우리뿐만 아니라 성냥공장 펙토리 아저씨도 함께 하면 돼!”

"팩토리 아저씨하고?"

"응, 팩토리 아저씨는 성냥 가격이 정상적으로 돌아오면 다른 공장의 더 좋은 성냥들 때문에 성냥이 안 팔려서 공장 문을 닫아야 할지도 모른다고 고민하고 있어."

노미는 한참을 고민하다가 이코에게 말했습니다.

"일단 성냥공장 팩토리 아저씨를 찾아가 보자."

이코와 노미는 성냥공장으로 향했습니다. 성냥공장으로 가는 길에 이코는 자신의 생각을 노미에게 이야기했습니다.

"팩토리 아저씨가 성냥을 만들어내면 내가 운반을 담당하고 노미 네가 판매를 맡는 거야! 그리고 셋이서 함께 새로운 성냥도 만들어 내야지!"

"응, 좋은 생각이야. 값도 싸고 모양도 예쁘면서 사용하기도 편리한 성냥을 만들면 다른 회사의 성냥보다 더 많이 팔 수 있을 거야."

"그래, 그리고 노미 네가 우리 성냥 회사의 대표가 되면 사람들도 더 친근하게 느낄 거야."

"내가 대표가 된다고?"

"그럼! 성냥팔이 소녀 노미의 성냥 회사! 멋지지 않니"

"호호, 말이라도 고마워. 지금은 팩토리 아저씨를 만나는 게 우선이니까 그런 이야기는 나중에 하자."

노미와 이코는 성냥공장 문을 열었습니다. 공장은 불이 꺼져 있었고, 팩토리 아저씨는 구석 사무실에서 장부를 정리하고 있었습니다.

"아저씨! 저 왔어요!"

"오, 노미구나! 그런데 이 시간에는 웬일이지?"

"아저씨한테 상의드릴 게 있어서요."

"그래? 일단 한번 들어보자꾸나."

성냥 회사를 세우는 이야기는 이코가 대신했습니다. 이코는 성냥의 제조와 유통, 판매를 모두 다루는 회사의 설립이 필요하고, 왕국의 지원을 받을 수 있는 지금이 가장 적절한 시기라고 말했습니다. 팩토리 아저씨는 고개를 끄덕이면서 이코의 말을 들었습니다.

"그래 좋구나. 나도 성냥 가격 고정명령이 풀린다는 소식을 듣고 어떻게 하면 더 좋은 성냥을 만들고 또 팔 수 있을까 고민하던 참이었단다."

"아저씨! 그럼 우리와 함께 하는 거죠?"

"그래, 불꽃축제를 만들어낸 너희들과 같이한다면 나에게 더 좋은 일 아니겠니?"

"와! 감사해요!"

이코와 노미, 그리고 팩토리 아저씨는 당장 새로운 성냥 회사를 세우는 일을 시작했습니다. 회사를 세울 때 필요한 돈은 팩토리 아저씨가 공장을 포함해 100분의 70을, 노미가 저축해 두었던 돈으로 100분의 20을, 그리고 이코가 100분의 10을 각각 마련했습니다.

회사의 이름은 세 사람의 이름을 듣기 좋게 연결해 '이코노미 팩토리'로 지었습니다. 또 판매하게 되는 성냥의 이름은 사람들이 성냥팔이 소녀 노미를 떠올릴 수 있도록 '소녀시대 성냥'이라고 지었습니다.

회사의 대표도 노미가 맡았습니다. 추운 겨울날 얼어붙은 손을 녹이며 성냥을 팔던 성냥팔이 소녀 노미가 성냥 회사의 대표가 되는 순간이었습니다.

신문배달 소년이었던 이코도 이코노미 팩토리의 설립 기사가 실린 신문을 마지막으로 배달하면서 신문배달 일을 그만뒀습니다. 이젠 한 회사의 어엿한 유통책임자가 된 것이지요.

팩토리 아저씨는 새로운 회사가 된 기념이라며 왕국에서 지원받은 돈으로 최신 성냥제조기계를 마련했습니다. 또 노미는 소녀시대 성냥이 다른 성냥과 구분될 수 있는 방법을 연구했습니다. 성냥 상자의 모양을 사각형에서 팔각형으로 바꾸고 예쁜 소녀의 얼굴을 그려서 모든 사람이 소녀시대 성냥을 알아볼 수 있도록 했습니다.

회사의 설립과 새로운 성냥의 제작준비가 마무리돼갈 때였습니다.

'사람들이 과연 다른 회사의 성냥보다 우리 성냥을 더 좋아할까?'

노미는 갑자기 궁금해졌습니다.

'성냥의 모양이나 색깔이 아무리 달라도 불을 붙이는 건 다 똑같은데 말이야. 지금처럼 성냥이 부러질 정도로 강하게 긁어야 한다면 별 차이가 없지.'

노미는 이코와 팩토리 아저씨를 불렀습니다.

"단순히 모양이나 색깔만 바꾸는 것만으로는 부족한 것 같아요."

"그래? 그럼 다른 방법이 있니?"

팩토리 아저씨는 노미가 어떤 말을 할까 궁금해했습니다.

"불을 잘 알고 화약을 잘 다루는 사람이 필요해요."

"화약?"

"네, 예쁜 성냥도 중요하지만 더 좋은 품질의 성냥을 계속 만들어내야 해요. 더 쉽게 불을 켜고 또 사용할 수 있는 방법을 개발하려면 화약 전문가가 필요해요."

팩토리 아저씨는 고개를 끄덕였습니다.

"그렇구나, 더 좋은 성냥을 만들어낼 수 있어야 사람들도 계속 우리 성냥을 살 거야."

노미는 사람들을 수소문해 이웃 마을의 범보 박사를 찾아갔습니다. 범보 박사는 혼자 집에 틀어박혀 하루 종일 화약을 연구하는 사람이었습니다.

화약 폭발 때문인지 얼굴과 팔에 상처가 많았습니다.

노미는 범보 박사에게 화약을 계속 연구할 수 있도록 회사에서 연구시설을 만들어주고 또 충분한 봉급도 주겠다고 이야기했습니다. 범보 박사는 흔쾌히 노미의 제안을 받아들였습니다.

노미의 이코노미 팩토리가 범보 박사를 영입해 화약을 연구한다는 소문이 퍼지자 왕국에서는 화약연구를 위한 지원금도 보내주었습니다. 그 대신 노미와 범보 박사는 화약과 관련된 신기술을 다른 나라에 팔거나 줘서는 안 된다는 서약을 했습니다. 화약은 전쟁에 쓰이는 무기가 될 수도 있기 때문입니다.

노미는 나무를 파는 우드 아저씨도 찾아갔습니다. 우드 아저씨는 성냥 막대로 쓰기에 가장 좋은 품질의 나무를 이코노미 팩토리에 공급하기로 약속했습니다.

STOR

한편, 이코는 왕국의 모든 도시를 방문해 성냥을 판매할 사람들을 모집했습니다. 또 소녀시대 성냥을 판매하는 가게의 현관문에는 소녀의 얼굴이 그려진 스티커를 붙였습니다.

덕분에, 소녀시대 성냥은 해님 왕국의 모든 도시에서 팔려나갔고, 사람들은 이제 길거리의 성냥팔이가 아닌 문구점이나 빵집, 잡화점에서도 성냥을 살 수 있게 됐습니다.

성냥을 많이 만들어내고 또 여러 곳에서 성냥을 팔게 되자 성냥 가격도 떨어져, 이젠 가난한 사람들도 쉽게 성냥을 살 수 있게 됐습니다.

소녀시대 성냥은 독특한 디자인의 예쁜 상자에 담겨 판매됐습니다. 소녀시대 성냥을 좋아하는 사람들은 종종 '소녀시대 성냥주세요' 라고 말하곤 했습니다.

사람들은 노미와 이코, 팩토리 아저씨뿐만 아니라 범보 박사와 우드 아저씨까지 함께하는 이코노미 팩토리가 성냥 회사 중에는 최고의 성냥 회사라고 생각했습니다.

성냥 여섯 개

치열한 경쟁

시장의 기능, 경쟁의 필요성

**다른 회사에서도 라이터를 내놓게 되면
라이터 가격이 빠르게 떨어질 것입니다.
우리는 그때까지 경쟁력을 유지하기 위한
전략을 세워야 해요!**

소녀시대 성냥은 멋진 디자인에 품질도 좋아서 사람들은 성냥하면 소녀시대 성냥을 떠올렸습니다. 그만큼 노미의 회사는 점점 더 많은 돈을 벌었습니다. 특히 겨울이 돼 불꽃축제가 개최될 때에는 한 해 중 가장 많은 성냥이 팔려 나갔습니다. 그렇지만 노미는 더 멋진 성냥을 개발하고 또 더 많이 팔기 위해 고민했습니다.

"내게 좋은 아이디어가 있어!"

하루는 이코가 말했습니다.

"왕국에서 주최하는 불꽃축제에 우리 성냥을 납품하는 거야!"

노미는 이코가 또 어떤 멋진 생각을 꺼내 놓을까 궁금해하면서 물었습니다.

"지금도 그렇게 하고 있잖아?"

"아니, 왕국의 불꽃축제에 공식 지정 성냥이 되는 거지."

"공식 지정 성냥?"

"응, 우리가 더 많은 성냥을 팔려면 왕국으로부터 제대로 인정을 받을 필요가 있어."

"왕국에서 지정하는 성냥이라… 그렇게만 된다면 더없이 좋겠는데?"

"물론이야! 우리가 따로 광고를 하지 않아도 매년 불꽃축제가 열릴 때 마다 자연스럽게 우리 성냥을 홍보할 수 있으니까 일석이조나 마찬가지지."

"정말 멋진데? 그럼 당장 왕궁에 우리의 제안서를 보내자!"

"좋아! 우리 회사가 공식 업체로 지정되면 왕궁에서 필요한 성냥을 더 싸게 공급하겠다고 제안하자. 동시에 왕궁에 납품할 수 있는 권리를 우리가 단독으로 가져오는 거야!"

노미는 이코와 함께 왕궁에 제안서를 보냈습니다. 며칠 뒤, 왕궁으로부터 답신이 왔습니다.

이코노미 팩토리의 무궁한 발전을 기원합니다.
보내주신 제안서는 잘 읽어봤습니다. 마침 다른 회사로부터 비슷한 제안을 받은 터라 이 문제를 공개적으로 논의할까 합니다.
저희는 공개발표를 통해, 불꽃축제 공식성냥에 선정되기를 희망하는 회사의 신청을 추가적으로 받을 것입니다. 그리고 일주일 동안의 신청 기간이 끝나면, 심사를 거쳐 최종적으로 공식 회사와 상품을 선정할 계획입니다.
일주일 뒤 왕궁을 방문해주셔서 회사 소개와 함께 성냥의 품질과 생산 규모, 가격 등 필요한 사항을 설명해주시기 바랍니다. 저희는 그전까지 평가기준을 정해놓겠습니다.
이코노미 팩토리에 신의 은총이 함께하길 빕니다.

-왕궁 불꽃축제 행사 담당관

일주일 뒤, 노미는 이코와 함께 왕궁의 불꽃축제 행사 담당관을 찾아갔습니다. 그리고 자신 있게 준비한 자료를 설명했습니다. 왕궁의 담당관도 만족스러운 표정으로 노미의 설명을 들었습니다.

"잘 될까?"

노미는 이코에게 물었습니다.

"3개 회사가 각축을 벌이고 있어. 그중 한 곳은 작은 회사 4개가 하나의 이름으로 제안을 했지. 거기가 제일 신경이 쓰여. 하지만 우리에게는 범보 박사가 가장 큰 경쟁력이야. 연구개발에 우리만큼 관심을 가지고 있는 곳은 없거든."

"응, 잘될 거야. 우린 최고잖아?"

"그럼, 최고지."

노미와 이코는 서로를 보며 웃었습니다.

며칠 뒤, 노미는 왕궁으로부터 편지를 받았습니다. 거기에는 국왕의 서명이 담긴 불꽃축제 공식성냥 인증서도 들어있었습니다. 소녀시대 성냥이 불꽃축제의 공식 성냥이 된 것입니다.

"우리가 해냈어!"

노미가 소리쳤습니다. 이코는 평가 결과를 빠르게 읽어 내려갔습니다.

"우리 성냥이 품질, 가격, 발전 가능성에서 가장 높은 점수를 받았네? 심사위원들이 우리의 진면목을 제대로 봤군."

"그래, 이제부터가 본격적인 시작이야!"

소녀시대 성냥은 예전보다 훨씬 많이 팔렸습니다. 소녀시대 성냥을 한 번이라도 써 본 사람들은 쉽게 다른 성냥으로 바꾸지 않았습니다. 또 소녀시대 성냥은 다른 성냥보다 조금 더 비쌌지만 사람들은 소녀시대 성냥만 찾았습니다.

시간이 지나자 왕국 내에서 판매되는 성냥 10개 중 7개는 소녀시대 성냥이 됐습니다. 이코노미 팩토리가 왕국의 성냥 시장을 70%나 점유하게 된 것입니다.

노미는 직원들을 모아 기념행사를 하기로 했습니다. 마침 신제품 개발을 끝낸 범보 박사가 신제품 발표회도 같이 할 것을 건의했습니다. 노미는 시장점유율 70% 달성 기념행사와 신제품 발표회를 같이 열기로 결정했습니다.

불꽃축제가 끝나고 봄이 오는 어느 날 저녁, 이코노미 팩토리의 기념행사가 시작됐습니다.

"신사 숙녀 여러분! 이코노미 팩토리의 자랑스러운 가족 여러분! 우리 모두 기뻐하고 즐깁시다!"

노미의 인사가 끝나고 이제 범보 박사가 신제품을 발표할 시간이 됐습니다.

범보 박사는 침착하게 말문을 열었습니다.

"이번 신제품으로 우리는 역사를 다시 쓰게 될 것입니다."

범보 박사는 손바닥에서 작은 성냥 상자 크기의 철상자를 꺼냈습니다. 그리고 범보 박사가 엄지손가락을 움직이는 순간,

"와!"

사람들은 피어오른 불꽃을 보며 탄성을 질렀습니다.

"이번 신제품은 부싯돌과 기름을 이용하기 때문에 아주 새로운 방식으로 불을 만들어냅니다."

범보 박사는 자신감 있게 말을 이어갔습니다.

"또 성냥처럼 사용 후 재가 남지 않고 불꽃도 더 오랫동안 유지할 수 있습니다."

노미는 범보 박사의 신제품에 '라이터'라는 이름을 붙여 주었습니다. 라이터는 '빛을 내는 사람'이라는 뜻입니다. 노미는 신제품이 세상에 새로운 빛을 가져다줄 것이라고 믿었습니다.

국왕은 라이터를 개발한 범보 박사에게 훈장을 줬습니다. 그리고 국왕이 장관을 임명할 때는 라이터를 하사품으로 줬습니다.

해님 왕국에서 라이터는 부와 명예의 상징이 됐습니다. 부자들이나 고관들은 불을 붙일 때 라이터를 사용했습니다. 그러면 사람들은

부럽고 존경스런 눈빛으로 그들을 바라보았습니다.

라이터를 만드는 기술은 범보 박사만 가지고 있었습니다. 그래서 이코노미 팩토리는 라이터의 가격을 원하는 대로 받을 수 있었습니다.

노미는 우선 라이터의 가격을 아주 비싸게 정했습니다. 라이터의 가격이 아무리 비싸도 사람들은 다른 곳에서 라이터를 구할 수 없기 때문에 꼭 노미의 회사에서만 라이터를 사야 했습니다.

라이터는 성냥하고 비슷한 기능을 가지고 있었지만 가격의 차이가 워낙 커 사람들은 전혀 다른 물건이라고 생각했습니다. 이코노미 팩토리는 성냥도 충분히 팔면서 라이터를 통해 새로운 이익을 얻었습니다.

그러던 어느 날이었습니다. 팩토리 아저씨가 노미에게 급하게 달려와 말했습니다.

"노미야 큰일이 생겼다!"

"네? 무슨 일인가요?"

"라이터 제작 기술을 다른 회사에서도 알아낸 것 같아!"

"라이터 기술을요?"

"우리 공장에서 일하던 사람이 다른 회사에 영입되면서 라이터 기술도 같이 가져간 것 같아!"

노미는 이코와 범보 박사를 불러 긴급회의를 열었습니다. 범보 박사가 먼저 말했습니다.

"공장에서 일했던 사람이 기본 원리를 알려줄 수는 있지만 우리처럼 정교한 라이터를 만들기에는 시간이 걸릴 거야."

그러자 이코가 말했습니다.

"하지만 그리 오랜 시간이 걸릴 것 같지는 않아요. 대책이 필요합니다."

노미는 한참을 고민하다 입을 열었습니다.

"우리가 라이터를 개발한 이후부터 다른 회사에서도 라이터에 대한 연구를 시작했어요. 우리 제품이 모델이 되겠지만 더 좋은 제품을 개발할 수도 있어요."

노미의 말에 범보 박사도 고개를 끄덕였습니다. 노미는 계속해서 말했습니다.

"그동안 우리는 라이터로 충분한 이익을 얻었어요. 다른 회사에서도 라이터를 내놓게 되면 라이터 가격이 빠르게 떨어질 것입니다. 우리는 그때까지 경쟁력을 유지하기 위한 전략을 세워야 해요."

이코의 예상대로 얼마 지나지 않아 다른 회사에서도 곧 라이터를 생산해 판매하기 시작했습니다. 물론 이코노미 팩토리의 라이터 보다 품질이 떨어지긴 했지만 아주 싼 가격에 판매됐습니다.

노미는 범보 박사에게 더 좋은 라이터에 대한 연구는 계속하되 싼 가격에 판매할 수 있는 라이터도 개발해줄 것을 요청했습니다.

이코노미 팩토리는 고급라이터는 여전히 비싸게 판매하되 보통 사람들이 저렴하게 구입할 수 있는 라이터도 새롭게 내놓았습니다. 라이터 가격이 떨어지자 많은 사람이 성냥 대신 라이터를 구입했습니다.

이코노미 팩토리를 비롯한 라이터 회사들은 더 많은 라이터를 판매하기 위해 치열하게 경쟁했습니다. 그런 만큼 라이터의 가격은 점점 더 떨어졌고 라이터 회사들은 더 좋은 라이터를 만들기 위해 노력했습니다.

노미의 회사는 라이터의 가격이 떨어진 만큼 수입도 줄었지만 더 많은 양의 라이터를 판매하면서 부족한 부분을 메꿔나갔습니다.

그러나 최고급 라이터는 여전히 이코노미 팩토리의 제품이 인정을 받았습니다. 자존심이 강한 사람들은 노미의 회사에서 만든 라이터를 들고 다녔고 사람들은 이코노미 팩토리의 고급라이터를 동경의 눈으로 바라봤습니다.

성냥 일곱 개

주민들의 불만

시장의 부작용, 정부의 역할

공장들이 환경 기준치를 잘 지키는지 감독하는 것과 라이터 쿠폰을 지급하는 일에도 많은 세금이 들어가죠.

이코노미 팩토리는 해님 왕국에서 손가락 안에 꼽히는 회사로 성장했습니다. 성냥에 이어 라이터도 다른 회사보다 이코노미 팩토리가 더 많이 팔았습니다. 그리고 노미는 수익이 적은 성냥사업은 그만두고 라이터만 만들기로 결정했습니다.

그러던 어느 날이었습니다. 라이터 공장과 가까운 지역에 사는 마을 주민들이 노미의 사무실에 들이닥쳤습니다. 사람들은 화가 난 표정으로 노미에게 소리를 질렀습니다.

"돈만 벌면 다야? 이 괴물 같은 여자야!"

"마을에는 병원도 없는데 아픈 아이들은 어떻게 치료하란 말이야!"

"우리 어머니가 빨리 돌아가신 것도 다 너 때문이야!"

노미는 무슨 영문인지 몰라 눈만 동그랗게 뜨고 있었습니다.

그때 팩토리 아저씨가 허겁지겁 달려왔습니다.

"노미야 많이 놀랐지? 내가 잘 타일러야 하는데 그게 어렵더구나."

"팩토리 아저씨, 무슨 일인가요?"

"우리 공장이 부싯돌이 많이 나는 지역에 있다 보니 우리 회사 말고도 다른 회사들이 공장을 많이 지었단다. 그런데 공장에서 나오는 오염물질 때문에 마을 사람들이 병에 걸렸다고 벌써 지난달부터 이렇게 난리란다."

"그런 것은 미리 말씀해주셔야죠!"

"우리 공장만 있는 것도 아닌데 다른 공장들은 이 문제에 대해서 잘 상의하려고 하지 않아서 말이야."

팩토리 아저씨의 말이 끝나기도 전에 마을 사람들은 다시 소리를 질렀습니다.

"회사 대표가 책임을 져!"

"왕궁에 고발할 테야!"

노미는 사람들 앞에 서서 침착하게 이야기했습니다.

"여러분 저희 공장 때문에 피해를 입으셨다면 정말 죄송합니다."

"죄송하면 다야? 무슨 조치가 있어야 할 것 아냐!"

"네, 빠른 시간 안에 저희가 무엇을 할 수 있는지 찾아보고 문제를 해결하겠습니다."

마을 사람들은 그 뒤로도 한참이나 서있다가 겨우 돌아갔습니다. 그런데 또 다른 사람들이 노미를 찾아왔습니다. 바로 옆 마을의 가난한 사람들이었습니다.

"노미 대표님. 저희들 사정을 좀 들어주십시오."

"무슨 일이신가요? 저한테 말씀해주세요."

"라이터를 개발하신 것은 정말 훌륭하십니다. 그런데 라이터 때문에 이제 성냥을 만드는 공장들이 사라졌어요."

"라이터도 충분히 싸게 판매되고 있지 않나요?"

"하지만 성냥보다는 훨씬 비쌉니다. 저희처럼 가난한 사람들에게는 성냥이 필요한데 성냥마저 구할 수 없으면 비싼 돈을 주고 라이터를 사야 합니다."

노미는 고민에 빠졌습니다. 그렇다고 성냥공장을 다시 지을 수는 없기 때문입니다.

"네, 잘 알겠습니다. 저희들도 방법을 찾아보겠습니다."

"부디 저희들에게 도움을 주십시오."

가난한 사람들은 몇 번이나 노미에게 부탁을 하고 돌아갔습니다.

노미는 회사의 임원들을 모아 이 문제를 이야기했습니다. 공장에서 나오는 오염물질과 가난한 사람들이 이야기한 문제는 이코노미 팩토리 혼자서 해결하기에는 너무 큰 문제였기 때문입니다. 노미는 며칠을 고민했지만 답을 찾을 수 없었습니다.

“우리가 해결할 수 없다면 왕궁에서 나서야 해.”

노미는 이코에게 말했습니다.

“왕궁에서?”

“응, 우리만 오염물질을 정화한다고 해서 해결될 수 있는 것도 아니고 또 라이터 가격을 더 낮출 수도 없잖아.”

이코도 노미의 말에 고개를 끄덕였습니다.

노미는 팩토리 아저씨에게 오염물질과 관련된 보고서를 제출하도록 했습니다. 그리고 이코에게는 가난한 사람들과 관련된 보고서를 작성하도록 했습니다. 보고서가 도착한 뒤에는 왕궁에 보내는 요청서를 노미가 직접 썼습니다. 왕궁에서는 노미의 요청서를 받은 뒤, 현장에 점검단을 보내 문제를 확인했습니다.

그리고 한 달 뒤, 이코는 노미에게 국왕의 발표문이 실린 신문을 보여줬습니다. 신문에는 공장을 운영할 때 지켜야 하는 환경오염 기준치가 정해졌다는 소식이 실려 있었습니다. 또 가난한 사람들에게는 라이터를 구입할 수 있는 쿠폰이 지급된다는 소식도 있었습니다.

노미는 주민들의 문제를 해결하는 데 기여한 공을 인정받아 국왕의 훈장을 받게 됐습니다. 또 국왕과의 저녁 만찬에도 초대를 받았습니다. 만찬에는 노미뿐만 아니라 큰 기업의 대표들과 은행장들도 초대받았습니다. 왕궁 쪽에서는 국왕와 함께 재정장관과 산업장관도 참석한다는 소식이 들렸습니다.

“저의 초대에 응해주셔서 감사합니다.”

국왕은 반가운 목소리로 기업대표들을 맞았습니다.

“아닙니다, 폐하. 저희들이 영광입니다.”

만찬 장소에는 훌륭한 음식으로 가득 찬 테이블이 있었습니다. 식사를 하면서 국왕은 왕국을 다스리는 것과 관련된 이야기를 했습니다.

"우리 왕국은 국민의 세금으로 유지가 됩니다. 여러분이 많은 돈을 버는 만큼 세금도 많이 내고 있죠. 국왕으로서 감사한 마음을 가지고 있습니다."

왕은 고개 숙여 감사의 마음을 전했습니다.

"아닙니다. 저희는 일만 열심히 할 뿐이죠. 왕궁으로부터 도움도 많이 받았습니다."

"별말씀을. 특히 최근에는 왕국의 경제가 성장하면서 세금을 쓸 곳도 많아졌습니다. 물론 공장들이 환경 기준치를 잘 지키는지 감독하는 것과 라이터 쿠폰을 지급하는 일에도 많은 세금이 들어가죠."

"그런 일이라면 정말 바람직한 곳에 국민의 세금이 쓰이는 것이겠죠."

"그뿐만이 아닙니다. 우리 경제가 더 성장하기 위해 주요 도시를 연결하는 철도와 도로를 닦고 학교와 항구도 더 짓기로 했습니다."

"네, 그렇게 해주신다면 저희와 같은 기업이 성장하는 데에도 큰 도움이 될 것 같아요."

"그런데 문제는…"

국왕은 이야기를 하다가 잠시 멈춰 참석자들을 바라봤습니다. 노미는 국왕이 무슨 이야기를 할까 하고 귀를 쫑긋 세웠습니다.

"할 일은 많은데 국민에게 거두어들인 세금만으로는 돈이 너무 부족합니다."

"그렇다고 세금을 더 많이 걷는 것은 어렵지 않을까요?"

노미의 옆자리에 앉아있던 파파은행의 은행장이 조심스럽게 말했습니다.

"어렵지요. 그래서 돈을 빌릴 수 있는 방법을 찾고 있습니다."

노미는 돈을 빌리는 것도 괜찮은 방법이라고 생각했습니다. 그러나 돈을 빌리면 그만큼의 이자를 부담해야 하기 때문에 국왕도 결정을 내리기 어려워하고 있는 것 같았습니다. 노미는 국왕에게 물었습니다.

"채권을 발행하실 생각이시군요."

"네, 그렇습니다. 우리 왕국에서 보증하는 채무증서를 주고 왕국 내에서뿐만 아니라 외국으로부터도 돈을 빌렸으면 합니다."

국왕은 재정장관에게 손짓을 했습니다. 이번에는 재정장관이 입을 열었습니다.

"우리 왕국의 경제상황을 봤을 때 충분히 이자를 감당할 수 있고 또 갚아 나갈 수 있습니다."

산업장관도 한마디 거들었습니다.

"여기 참석한 훌륭한 기업들이 꾸준히 성장하고 있는 것도 채권발행의 부담을 덜어주는 요소라고 볼 수 있죠."

기업대표들과 은행장들은 왕국에서 추진하는 채권발행에 적극적으로 참여하기로 뜻을 모았습니다.

한편, 국왕은 돈을 빌리는 것뿐만 아니라 왕국 중앙은행에 돈을 더 많이 찍어내라고 지시했습니다. 왕국에서는 그 돈으로 다양한 사업과 정책을 추진하고 또 왕궁도 새롭게 단장했습니다.

성냥 여덟 개

자금을 대출받다!

화폐의 기능, 은행의 역할, 신용의 중요성

우리 회사나, 은행이나, 나 같은 저축자나 모두 이익을 얻은 셈이네?

공장운영과 관련한 환경 기준치는 꽤 까다롭게 정해졌습니다. 마을 주민들이 왕궁뿐만 아니라 의회까지 찾아가 왕국의원에게 환경 기준치를 엄격하게 정해줄 것을 요청했기 때문입니다. 노미는 이 문제를 회사의 임원회의에서 보고받았습니다.

"환경기준을 충족시키기에는 비용 부담이 너무 커."

팩토리 아저씨가 말했습니다.

"기존에 있던 공장들이 모두 너무 오래됐기 때문에 오염물질이 생각보다 많이 나오고 있단다."

"그러면 어떻게 해야 될까요?"

"정화장치를 설치하는 것보다 오히려 새로운 공장을 다시 짓는 게 더 좋겠어."

"좋습니다. 그러면 새로운 입지를 찾아보고 설계 작업도 들어가죠."

회의가 마무리될 무렵 갑자기 이코가 노미에게 물었습니다.

"공장을 새로 새로 지을 자금은 충분해?"

"참, 그걸 깜빡했군."

"내가 알기론 많이 부족해. 어디서 돈을 빌려야 할 형편이야."

"빌려야 한다고?"

"응, 그리고 대출을 받으면 거기에 따른 이자를 부담해야 되는데, 그것도 골치지. 빌린 돈과 이자를 함께 갚아 나가려면, 새로 짓는 공장이 그 이상의 수익을 올릴 수 있어야 해. 그래야 남는 장사지."

이코의 말이 끝나자 노미는 걱정스런 표정으로 임원들에게 이야기 했습니다.

"우리가 자금을 빌리면, 이자를 감당하고 또 갚아나갈 수 있을까요?"

"계획대로 된다면, 가능할 것 같아."

팩토리 아저씨가 말했습니다.

"다만, 100분의 10. 즉 10% 이상의 이자를 부담해야 한다면 다시 한번 검토해주면 좋겠어. 위험부담이 너무 커."

팩토리 아저씨의 말을 받아 이코가 말했습니다.

"내가 알기로 대출 이자율은 5%에서 15% 사이야. 그리고 기업을 상대로 한 대출은 파파은행이 보다 괜찮은 조건으로 해주는 것으로 알고 있어."

이코의 말에 노미의 표정이 밝아졌습니다.

"파파은행이라면, 지난번 왕궁 만찬에서 은행장을 만난 적이 있어!"

노미는 왕궁 만찬에서 만났던 파파은행 은행장을 찾아갔습니다. 그리고 새로운 공장을 지을 때 필요한 자금의 규모를 설명하고 어떻게 갚을 것인지에 대해서도 이야기했습니다. 파파은행 은행장은 아주 유쾌한 사람이었습니다.

"이코노미 팩토리는 제가 정말 좋아하는 회사입니다. 드디어 저희가 고객으로 모시게 되었군요."

은행장은 주머니에서 라이터를 하나 꺼내며 말했습니다.

"이것 보세요. 전 이코노미 팩토리에서 처음 내놓았던 라이터를 아직도 가지고 있답니다. 이걸 주머니에서 만지작거리고 있으면 아주 멋진 아이디어들이 떠오르곤 하죠."

"칭찬으로 받아들이겠습니다. 감사합니다."

“이코노미 팩토리는 튼튼한 회사인데다가 수입도 아주 많은 것으로 알고 있습니다. 그래서 노미 씨가 원하는 만큼의 돈을 저희들이 빌려드리겠습니다.”

노미는 기쁜 얼굴로 은행장의 손을 잡았습니다.

“감사합니다. 은행장님!”

은행장은 수첩을 꺼내 몇 가지를 확인하더니 계속 말했습니다.

“그리고 이자율은 왕국에서 발행한 국채와 동일하게 5%를 받겠습니다. 100원을 빌려드리면 일 년 뒤에 105원을 갚으시면 되는 거죠. 국채와 같은 이자율을 적용해 드리는 건 특별대우나 마찬가지입니다.”

“감사합니다. 은행장님! 빠른 시일 내에 갚겠습니다!”

“참, 한 가지 방법이 더 있었네요.”

은행장은 수첩을 주머니에 넣다가 다시 꺼내면서 말했습니다. 노미는 마시던 찻잔을 내려놓으며 궁금한 표정으로 은행장을 바라보았습니다.

“저희 은행 고객 중에는 아주 많은 돈을 가지고 있는 사람들이 있습니다. 제가 주선해드릴 테니 그분들로부터 투자를 한번 받아보는 것은 어떻습니까?”

“투자요?”

“네, 이코노미 팩토리의 소유권을 일부 파는 겁니다.”

"소유권이라면…"

"회사가 앞으로 계속 성장할 가능성이 충분하기 때문에 그분들은 아마 관심을 보일 것입니다. 지금의 회사 가치를 따져 그만큼의 돈을 투자하면 나중에 회사가 성장한 뒤에 더 비싼 가격에 소유권을 팔 수 있기 때문이죠. 은행에 저축해서 받는 이자보다 훨씬 더 큰 이익으로 말입니다."

노미는 파파은행 은행장의 말을 귀 기울여 들었습니다. 은행장은 차를 한 모금 마신 뒤 계속 이야기했습니다.

"단, 노미 대표님이 회사의 성장 가능성을 상세히 설명하셔야 할 겁니다. 회사의 실적이 부진하면 그만큼 투자자들이 돈을 잃게 되니까요."

노미는 앞으로 회사를 운영하면서 투자금을 유치할 필요가 생길 것이라는 생각이 들었습니다.

"좋은 말씀 감사합니다. 투자금을 유치하는 문제는 다시 찾아뵙고 도움을 요청하겠습니다."

회사로 돌아온 노미는 이코와 함께 점심을 먹으며 파파은행 은행장을 만난 이야기를 했습니다. 새로운 공장을 짓는 데 필요한 자금을 모두 대출받기로 했다는 말에, 이코가 웃으면서 말했습니다.

"난 봉급을 받으면 파파은행에 저축을 하는데, 그럼 파파은행은 내가 저축한 돈을 우리 회사에 빌려준 셈이네?"

"그렇지. 그럼 넌 저축한 돈에 대한 이자는 얼마나 받니?"

"나? 4% 정도 받을걸?"

"그럼 파파은행은 우리 회사에 돈을 빌려주고 5%의 이자를 받아서 4%는 너처럼 저축한 사람한테 이자를 주고, 1% 정도는 은행을 유지하는 데 쓴다는 거네?"

"그런 셈이군."

이코는 디저트로 나온 홍차를 마시면서 계속 이야기했습니다.

"뭐, 어차피 회사에서 필요한 건 큰돈인데 그 많은 돈을 어떻게 한 사람 한 사람 찾아가서 빌릴 수 있겠어? 은행이 사람들의 돈을 모아놓고 있다가 필요한 곳에 빌려주는 거지."

"어쨌든 우리가 필요한 돈을 무사히 구할 수 있어서 다행이야."

"결론적으로 우리 회사나 은행이나 나 같은 저축자나 모두 이익을 얻은 셈이네."

"맞아. 그건 참 신기하다."

노미는 적지 않은 금액을 빌려준 파파은행 은행장에게 감사의 편지를 썼습니다. 그리고 며칠 뒤 파파은행 은행장으로부터 답장이 왔습니다.

BANK

친애하는 노미 양!

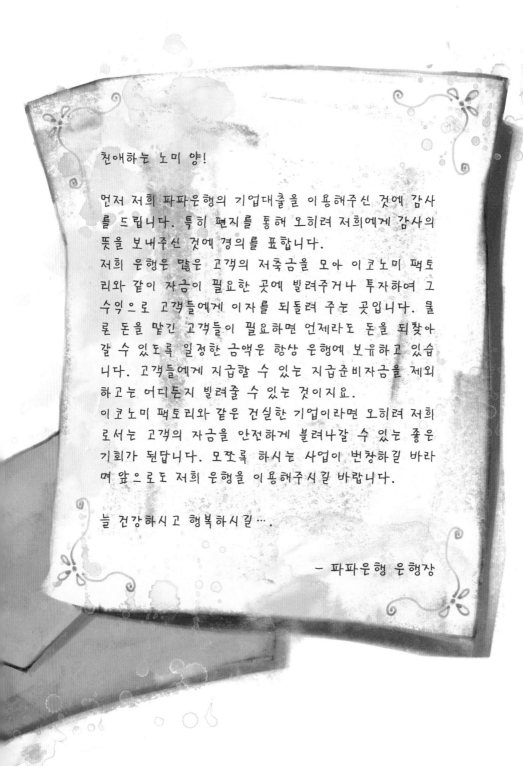

먼저 저희 파파은행의 기업대출을 이용해주신 것에 감사를 드립니다. 특히 편지를 통해 오히려 저희에게 감사의 뜻을 보내주신 것에 경의를 표합니다.

저희 은행은 많은 고객의 저축금을 모아 이코노미 팩토리와 같이 자금이 필요한 곳에 빌려주거나 투자하여 그 수익으로 고객들에게 이자를 되돌려 주는 곳입니다. 물론 돈을 맡긴 고객들이 필요하면 언제라도 돈을 되찾아 갈 수 있도록 일정한 금액은 항상 은행에 보유하고 있습니다. 고객들에게 지급할 수 있는 지급준비자금을 제외하고는 어디든지 빌려줄 수 있는 것이지요.

이코노미 팩토리와 같은 건실한 기업이라면 오히려 저희로서는 고객의 자금을 안전하게 불려나갈 수 있는 좋은 기회가 된답니다. 모쪼록 하시는 사업이 번창하길 바라며 앞으로도 저희 은행을 이용해주시길 바랍니다.

늘 건강하시고 행복하시길….

– 파파은행 은행장

노미의 회사뿐만 아니라 다른 라이터 회사들도 공장을 새로 짓거나 오염정화시설을 설치하면서 많은 돈이 필요했습니다. 그리고 이코노미 팩토리가 파파은행에서 돈을 빌렸다는 소문이 퍼지자 많은 기업이 파파은행으로부터 돈을 빌렸습니다.

파파은행은 여러 기업에 돈을 빌려주면서 지급준비자금이 부족해지는 상황에까지 이르렀습니다. 그러자 파파은행도 왕국 중앙은행으로부터 돈을 빌렸습니다. 왕국 중앙은행은 돈을 만들어내는 곳이기도 하지만 은행의 은행이 되기도 했습니다.

한편, 라이터 회사들이 보낸 건의서를 본 왕국의원들은 환경오염기준치를 조금 완화하는 데 동의한다는 뜻을 보내 왔습니다. 그리고 새로운 환경 기준치를 만들어 국왕에게 보냈습니다. 국왕은 이것을 받아들여 왕국 백성들에게 발표했습니다.

새로운 환경 기준치에 대해서는 공장 지역의 주민들도 찬성했습니다. 새로운 기준치가 주민의 건강을 유지하는 데 큰 영향이 없을 것으로 평가됐고 공장의 대표들이 주민들을 충분히 설득했기 때문입니다.

노미는 새로운 공장을 짓고 생산라인을 정비해 더 적은 인원으로 더 많은 라이터를 만들 수 있게 됐습니다.

성냥 아홉 개

봉급 인상

경제의 순환, 경기 변동, 물가 상승, 노사 협상

**시중에 돈이 갑자기 많아지면
그만큼 빨리 물가가 올라.**

하루는 임원회의에서 팩토리 아저씨가 직원들에 관한 이야기를 했습니다. 팩토리 아저씨는 공장 근로자들이 노미와 만나고 싶어 한다고 말했습니다. 그리고 그들이 몇 가지 사항을 회사에 요구하고 있다고도 말했습니다. 노미는 근로자 대표들을 빠른 시일 내에 만나기로 했습니다.

“노미 대표님을 만나러 왔습니다.”

공장직원의 대표 3명이 노미의 사무실을 찾았습니다.

“저희는 이코노미 팩토리의 라이터 공장에서 일하는 근로자들입니다.”

직원 대표들의 표정은 상기됐지만 무뚝뚝해 보였습니다.

“네, 반갑습니다. 기다리고 있었어요. 여기 앉으세요.”

노미는 직접 근로자 대표들에게 따뜻한 커피를 타줬습니다. 그러자 사무실을 찾은 사람들의 표정이 한층 누그러졌습니다. 직원 대표 중 한 사람이 입을 열었습니다.

“저희들은 이코노미 팩토리를 위해 일한다는 것에 항상 자부심을 느낍니다. 또 모두가 노미 대표님을 좋아합니다.”

“감사합니다.”

“저희들은 공장에서 일해 받은 봉급으로 생계를 유지합니다.”

이번에는 다른 사람이 입을 열었습니다.

“저희는 그 봉급으로 먹을 것을 사고 아이들에게 옷도 사준답니다. 그리고 우리 공장에서 만든 라이터를 저희가 사기도 하죠. 또 라이터 공장이 있는 덕에 봉급을 받는 공장 직원뿐 아니라 저희 마을의 빵집이나 잡화점을 운영하는 사람들도 모두 돈을 버는 셈이지요.”

“그 부분은 저도 잘 알고 있습니다.”

“직원들을 포함해서 그 사람들은 모두 저희의 이웃이고 형제나 마찬가지입니다.”

“좋습니다. 여러분의 말씀은 잘 알겠습니다. 그리고 저는 이미 팩토리 아저씨를 통해 여러분의 요구사항에 대해 어느 정도 이해하고 있다고 생각하는데요. 어려워 마시고 편하게 말씀해주세요.”

직원 대표 중 한 사람이 머뭇거리다 말했습니다.

“몇 가지 요구사항이 있습니다만, 먼저 지난번에 공장을 새로 지으면서 많은 직원이 해고를 당했습니다. 그 사람들 중에는 이코노미 팩토리가 처음 설립될 때부터 일했던 사람들도 있습니다. 그들의 생계에 문제가 생기자 마을도 점점 낙후됐습니다. 사람들이 떠나가고 있습니다. 마을에서 내는 세금이 줄어들자 왕국에서는 도로도 더 만들어주지 않고 마을 회관도 수리해주지 않습니다.”

노미는 아무 말 없이 이야기를 들었습니다.

“또 한 가지가 더 있습니다. 이번에 공장을 새로 지으면서 저희들이 일하는 환경이 훨씬 깨끗해진 것은 감사드립니다. 그런데 저희들의 봉급이 몇 년째 그대로입니다. 봉급을 좀 올려주시면 저희들이 더 열심히 일할 수 있을 것 같습니다.”

“그래서 세 가지를 부탁드립니다. 먼저, 해고된 직원들을 복귀시켜 주시고, 두 번째로, 앞으로 직원을 함부로 해고시키지 않겠다는 약속을 해주십시오. 마지막으로 저희들의 봉급을 지금의 10분의 2만큼 더 올려주십시오.”

노미는 세 가지 사항을 수첩에 적었습니다.

“여러분, 이렇게 직접 찾아와서 말씀해주셔서 감사합니다. 여러분이 이야기한 사항은 회사 차원에서 가능한 적극적이고 긍정적으로 검토하겠습니다. 앞으로도 필요한 것이 있으면 언제든지 저를 찾아와 주십시오.”

노미는 근로자 대표들을 돌려보내고 임원회의를 열었습니다. 이코와 팩토리 아저씨는 각자 그 사항에 대한 검토를 마친 상태였습니다.

“그들의 요구를 모두 들어주기는 힘들어.”

이코가 먼저 말을 꺼냈습니다.

“하지만 회사로서는 최선을 다해야 해. 그 사람들에게는 정말 절박한 문제야.”

팩토리 아저씨도 말했습니다.

노미는 한참을 고민하다가 입을 열었습니다.

“직원을 복귀시키는 문제와 봉급을 인상하는 문제가 동시에 걸려 있어 부담이 너무 커요.”

이코가 말을 받았습니다.

“그래, 일단 회사가 유지돼야 나중에 복귀를 시키든지 말든지 할 것 아냐.”

노미가 계속 말했습니다.

“우선 가능한 것부터 정리해봐요. 팩토리 아저씨, 현재 직원들의 일터를 보장해주는 것은 가능한가요?"

"그건 충분히 가능해."

"좋습니다. 그러면 이렇게 하죠. 현재 직원들의 일터를 우선 보장해주고 해고된 직원들은 앞으로 회사가 커지면서 직원을 채용할 때 새로운 사람을 뽑기보다 그 사람들을 우선적으로 복귀시키는 것으로요. 그리고 봉급 인상 문제는…."

노미가 망설이는 것 같자 이코가 나섰습니다.

"10분의 2는 너무 커. 일단 10분의 1을 올려주는 게 적당한 것 같아."

"이번엔 그렇게 하고 앞으로는 어떻게 할 거야?"

"앞으로는 2년마다 10분의 1 정도 비율로 봉급을 올려주면 괜찮을 것 같아."

"잠깐만"

이때 팩토리 아저씨가 손을 들었습니다.

"봉급을 올려주는 대신 봉급을 올렸을 때의 금액만큼 해고됐던 사람을 복귀시키는 건 어떨까?"

노미는 괜찮은 아이디어라고 생각했습니다.

"괜찮은 생각인데요? 그런데 그건 우리보다는 공장직원들이 결정하는 게 좋을 것 같아요."

팩토리 아저씨는 직원 대표들과 만나 임원회의에서 논의된 사항을 이야기해줬습니다. 직원 대표들은 봉급 인상과 해고직원 복귀문제를 놓고 오랫동안 고민했습니다. 그리고 일단은 현재 직원들의 봉급을 우선적으로 인상해달라는 결정을 내렸습니다. 직원 대표들의 결정을 확인한 노미는 직접 공장을 방문했습니다.

"여러분, 이코노미 팩토리를 위해 열심히 일해주셔서 감사합니다. 저는 최근 직원 대표와 만났고 몇 가지 요구사항을 들었습니다. 그리고 논의한 결과를 여러분에게 말씀드리고 싶습니다."

공장직원들이 모인 자리에서 노미는 차분히 말했습니다.

"공장을 새로 지으면서 많은 직원이 공장을 떠나야 했습니다. 저로서도 가슴 아픈 일이었습니다. 앞으로 직원을 채용할 때는 해고됐던 직원을 우선적으로 채용하겠습니다. 그리고 앞으로는 직원을 함부로 해고하는 일은 없을 것입니다. 마지막으로 봉급과 관련해, 올해 직원봉급을 10분의 1 정도 인상하겠습니다. 앞으로도 상황변화를 따져 적절히 조정해나가겠습니다."

"와! 감사합니다!"

공장직원들이 환호성을 질렀습니다. 그리고 전보다 더 열심히 일하기 시작했습니다.

"직원 중에는 봉급을 더 올려달라는 사람들이 많아."

공장방문을 마친 노미에게 이코가 말했습니다.

"우리의 봉급이 적은 편이니?"

“적지는 않아. 그러나 곧 적어지게 되겠지.”

“그게 무슨 말이야?”

직원들이 봉급을 올려달라고 한 이유는 돈의 가치가 떨어지고 물가가 비싸졌기 때문이야. 앞으로 물가가 더 오를 것 같으니까 봉급도 더 올려달라고 하는 거지.”

“물가가 비싸졌다고?”

“응. 시중에 돈이 갑자기 많아지면 그만큼 빨리 물가가 올라.”

“돈이 많아진 이유를 알아?”

이코는 심각한 표정으로 말을 이어갔습니다.

“얼마 전 국왕이 돈 쓸 곳이 많다고 했지? 그리고 해외로부터 돈을 빌린다는 말도 했었잖아. 왕국에서 돈을 빌려다 쓰고, 또 왕국 내의 기업들이 수출을 많이 해 외국돈이 들어오면 왕국 내에 돈이 많아지게 되지. 또 기업들이 은행으로부터 돈을 빌려 쓰면서 시중에 풀려난 돈도 많아졌어.”

“그렇구나.”

“왕궁에서 라이터 쿠폰을 지급하는 데에도 계획보다 몇 배나 많은 돈이 지출된 것으로 알고 있어. 왕궁을 새단장하는 데도 두 배나 많은 돈이 들어갔지. 더 큰 문제는 그런 사업이 한둘이 아닌데, 중앙은행에서 그 돈을 메꾸기 위해 새로운 돈을 찍어낸 거야. 경제성장에 따라 어느 정도의 적당한 물가 상승은 감수해야 하지만 단순히 돈만 많아지면 모두에게 부담이 커."

"그러면 그것을 어떻게 조절하지?"

"우리 같은 기업가가 하기엔 무리지 뭐. 연구해볼 필요는 있겠지만 말이야."

"왕국의 경제가 성장하면서 점점 더 복잡한 문제들이 생기는구나."

성냥 열 개

총체적 위기

경기 침체, 실업, 경제 회복

직원을 해고하는 것 말고
다른 방법이 없을까?

이코의 말대로 서서히 물가가 오르기 시작했습니다. 노미는 물가 상승을 고려해 라이터값을 올려서 팔았습니다. 라이터는 생활에 꼭 필요한 물건이라 가격을 올려도 판매량이 크게 줄지 않았습니다.

시간이 지날수록 라이터는 더 비싸졌고 이코노미 팩토리가 벌어들이는 수입도 더 많아졌습니다. 노미는 회사가 돈을 많이 벌자 직원들의 봉급을 올리고 또 보너스까지 줬습니다. 하루는 임원 회의를 마친 뒤 이코가 노미에게 말했습니다.

“직원들에게는 봉급 인상만큼 반가운 소식이 없지.”

“직원들이 열심히 일해서 수익성이 향상됐어. 가격도 오르고 생산성이 높아진 만큼 라이터 판매를 통한 수익도 많아졌잖아?”

“라이터를 더 많이 만들어 팔면 당연히 수익은 커지지. 하지만 라이터값을 포함해 전체적인 물가가 너무 빨리 오르고 있어. 직원들의 봉급을 올려주는 것도 중요하지만 다른 대책도 필요할 것 같아.”

이코는 걱정스런 표정으로 노미를 바라봤습니다. 하지만 노미는 이코의 말을 이해하기 힘들었습니다.

“내가 볼 때는 괜찮은 것 같은데? 아직까지 큰 문제가 생긴 것도 없잖아? 너무 걱정하지 마.”

노미는 이코의 어깨를 두드리며 말했습니다.

“다음 주부터는 모든 공장을 가동해 만들어낼 수 있는 최대한 많은 양을 만들어내자. 알았지?”

“그걸 다 팔 수 있었으면 좋겠다.”

이코는 짧게 대답하고 회의실을 나갔습니다.

노미는 직원을 더 채용해 모든 공장을 가동시켰습니다. 라이터값이 비싸지고 생산성도 높아진 만큼 더 많은 수익을 얻을 수 있을 것이라 생각했습니다.

그런데 판매되는 라이터의 양은 더 늘어나지 않았습니다. 오히려 시간이 지나면서 판매량이 점점 감소하면서 재고가 쌓이기 시작했습니다. 노미는 불길한 느낌이 들어 마을 광장에서 라이터를 파는 잡화점으로 달려갔습니다.

"아저씨 안녕하세요?"

"오, 노미 대표님. 저희 가게에 웬일이십니까?"

"저희 라이터가 잘 팔리고 있나 보려구요."

"라이터요?"

잡화점 아저씨는 걱정스런 표정으로 노미를 바라보았습니다.

"요즘 물가가 너무 올랐어요. 라이터만 해도 다들 너무 비싸다며 다음에 산다고 하고 그냥 가더군요."

노미는 라이터값이 비싸서 사람들이 사려고 하지 않는다는 이야기를 듣고 깜짝 놀랐습니다.

"라이터를 만드는 재료의 가격이 올랐기 때문에 라이터 가격도 자연스럽게 오를 수밖에 없어요."

잡화점 아저씨는 한숨을 쉬며 말했습니다.

"그렇다고 비싼 가격에 사도록 강요할 순 없죠. 사고 안 사고는 소비자가 선택할 문제니까요. 더구나 라이터는 이미 충분히 많은 상태랍니다."

"물가가 오른 만큼 사람들도 더 많은 돈을 벌지 않나요?"

"모두가 그렇진 않죠. 그리고 물가가 비싸지면 사고 싶은 물건도 꼭 필요한 것이 아니면 잘 사지 않게 돼요. 돈이 부족하다는 사람도 있고 돈을 아껴둬야겠다는 사람도 있답니다."

노미는 어떻게 하면 좋을까 고민하면서 회사로 돌아왔습니다. 마침 회사에는 이코와 팩토리 아저씨, 그리고 범보 박사까지 모여 노미를 기다리고 있었습니다. 이코가 말했습니다.

"상황이 생각보다 심각해. 당장 어떤 조치가 필요해!"

팩토리 아저씨도 당황한 목소리로 말했습니다.

"창고에 재고가 쌓이고 있어. 물건이 나가질 않아. 우리 라이터가 팔리지 않는 것 같아!"

노미는 눈을 감으며 말했습니다.

"우리 라이터만 팔리지 않는 게 아니에요. 방금 잡화점에 다녀왔는데, 물건은 많지만 사람들이 사려고 하지 않는 것 같아요. 아니, 살 수 없는 것일 수도 있죠."

이코가 회사의 자금 내역을 정리한 서류를 보여주며 말했습니다.

"라이터가 팔리지 않아서 현금이 점점 줄어들고 있어. 현금이 없으면 직원 봉급은 물론이거니와 원자재도 살 수 없어. 파파은행에서 빌린 돈을 갚는 건 둘째 치고 이자도 못 내게 되면 위험한 상황까지 갈 수도 있어!"

노미는 서류를 보고 난 뒤 이코에게 말했습니다.

"혹시 네가 지난번에 대책이 필요하다고 이야기한 것이 이걸 말하는 것이었니?"

"비슷하긴 해. 하지만 나도 이렇게 빨리, 또 이 정도로 상황이 나빠질 줄은 몰랐어. 나름대로 대책은 구상하고 있으니까 정리가 끝나는 대로 알려줄게. 이번 주 안이면 될 거야."

"응, 고마워. 일단 이코의 보고서가 완성되면 다시 만나서 이야기해요. 그때까지 각자 맡은 분야의 상황을 최대한 상세하게 파악해주세요."

며칠 뒤 노미는 다시 임원들을 만났습니다. 이코가 입을 열었습니다.

"물가 상승 속도가 너무 빨라! 지난번에 내가 말한 게 다가 아냐. 범보 박사님의 말을 들어봐!"

범보 박사가 노미에게 보고서를 한 장 내밀며 말했습니다.

"기름값이 갑자기 올랐어. 기름은 라이터뿐만 아니라 여러 곳에 쓰이는 자원인데, 가격이 갑자기 오르면서 물가 상승을 더 부추기는 것 같아. 특히 우리 왕국은 기름을 모두 외국에서 수입하기 때문에 타격이 커."

"기름값이 오른 이유가 뭐죠?"

"우리에게 기름을 수출하던 달님 왕국이 최근 기름 생산량을 줄이면서 가격을 더 높게 달라고 요구했어. 달님 왕국은 기름 수출 외에 다른 벌이가 별로 없으니까 기름을 더 비싸게 팔 속셈이지. 그리고 거기에 대한 보복으로 이웃의 별님 왕국까지 철광석의 수출가격을 올려버렸어. 기름과 철광석을 모두 수입하는 우리로서는 고래 싸움에 새우 등 터지는 격이 돼버렸어."

노미는 범보 박사의 보고서를 보고 걱정스러운 표정으로 말했습니다.

"이 상황이 얼마나 오래 갈까요?"

이코가 조심스럽게 입을 열었습니다.

"단언하기는 힘들지만, 생각보다 오래 걸릴 것 같아. 하지만 그 기간하고 관계없이 우리에게는 당장 취할 수 있는 조치가 필요해."

"이코 너의 생각을 이야기해줘."

"우선 공장가동을 줄여야 해. 지금의 절반 이하로! 그리고 그만큼 직원들도 줄여야 봉급으로 나가는 돈을 줄일 수 있어. 또 재고로 쌓여있는 라이터는 싼값에라도 어떻게든 처분해서 현금을 확보해 놔야 해. 그리고 이번 기회에 불필요하게 확장시켜 놓은 생산망과 유통망을 정비하고 꼭 필요한 것만 회사에서 관리할 필요가 있어."

노미는 직원을 해고해야 한다는 이야기를 듣자 머리가 멍해졌습니다. 그러나 직원을 해고하는 데에는 동의할 수 없었습니다. 이미 직원들과 한 약속이 있었기 때문입니다.

"직원을 해고하는 것 말고 다른 방법이 없을까?"

"없어. 그렇게 하지 않으면 이코노미 팩토리 자체가 무너질 수 있어."

회의장에 잠시 침묵이 흘렀습니다.

팩토리 아저씨가 헛기침을 한 뒤 입을 열었습니다.

“일단 회사의 사정을 직원들에게 설명하고 직원들의 봉급을 다 같이 줄이는 건 어떨까? 물론 우리까지 포함해서 말이야. 공장가동을 줄이면서 남는 직원은 돌아가면서 휴가를 보내든지 해야지.”

노미는 어떻게 하면 좋을지 밤새도록 임원들과 토론했습니다.

결국 해고와 관련된 문제는 팩토리 아저씨의 의견대로 하고 나머지는 이코가 제안한 대책을 따르기로 했습니다.

경제 상황이 나빠지면서 위기를 겪는 것은 이코노미 팩토리뿐 아니라 다른 회사도 마찬가지였습니다. 회사에서 만든 물건이 판매되지 않자 문을 닫는 곳도 있었고 그나마 유지되는 회사도 많은 직원을 해고시켜야 했습니다. 직장을 잃은 사람들은 새로운 직장을 찾기 위해 매일같이 길거리를 배회했습니다.

왕국은 원자재의 가격을 낮추기 위해 이웃 나라들과의 협상을 시작했습니다. 또 실업문제를 해결하기 위해 도로를 닦고 댐을 만드는 사업을 추진해 왕국에서 봉급을 줬습니다.

성냥 열한 개

무역 보복과 자유무역협정

무역의 이점, 자유무역과 보호무역, 환율

**우리 왕국에서 일하던 사람들이
직장을 잃어버리는데 우리 라이터는 누가 살까?**

"국내시장은 당분간 더 커지기 힘들 것 같아."

노미는 이코에게 말했습니다.

이코도 동의했습니다.

"응, 우리 왕국의 경제 상황이 좋지 않아. 당분간 회사의 실적향상을 기대하기 어려워."

"새로운 시장을 개척해야 해."

"새로운 시장이라니?"

이코는 노미의 말에 솔깃한 표정을 지었습니다.

"해외로 나가자. 수출을 해야 해. 국내시장보다 해외시장이 훨씬 커. 당장 달님 왕국만 해도 인구가 우리 왕국의 스무 배는 되잖아. 별님 왕국도 다섯 배야."

노미는 이코를 단장으로 하는 수출사업 추진단을 만들었습니다. 추진단은 이웃나라의 라이터 시장을 조사하고 무역절차를 확인했습니다.

"가능성이 있어!"

하루는 이코가 시장조사 보고서를 들고 노미를 찾았습니다.

"달님 왕국은 아직도 라이터를 쓰는 사람이 거의 없어. 대부분 성냥이야!"

"좋아, 별님 왕국은?"

"별님 왕국은 라이터가 판매되고 있지만 품질은 우리보다 뒤떨어져. 충분히 승산이 있어!"

이코노미 팩토리의 해외진출 작업은 순조롭게 진행됐습니다. 노미는 우선 별님 왕국으로 진출하기로 결정했습니다. 별님 왕국은 해님 왕국보다 더 크고 발전된 나라입니다. 라이터 시장이 이미 형성이 돼있는 곳에서 경쟁력을 확인해볼 필요가 있었습니다.

무엇보다 별님 왕국은 해님 왕국과의 오랜 우호관계로 무역도 비교적 자유로웠습니다. 달님 왕국과 비교했을 때 수출에 따른 세금도 적었습니다. 해님 왕국은 별님 왕국에 많은 물건을 수출하는 만큼 또 그만큼의 물건을 수입하고 있었기 때문입니다.

별님 왕국으로 진출하는 데에는 많은 돈이 필요했습니다. 노미는 파파은행 은행장을 다시 만나 투자금 유치와 관련된 도움을 요청했습니다. 노미는 이코노미 팩토리 전체 지분의 10분의 4를 팔기로 결정하고 사업설명서와 투자제안서를 은행에 보냈습니다. 며칠 뒤 파파은행으로부터 전화가 왔습니다.

"노미 대표님!"

"안녕하세요? 은행장님!"

"반가운 소식입니다. 많은 분이 이코노미 팩토리에 투자하고 싶어 하세요."

"다행이군요!"

"덕분에 저희들이 예상했던 것보다 더 비싼 가격에 지분을 매각할 수 있었습니다. 매각대금은 다음 주 중에 찾아가세요."

"감사합니다! 은행장님!"

이코노미 팩토리는 별님 왕국에 진출하면서 아주 많은 돈을 홍보비로 썼습니다. 공격적인 판촉활동 덕분인지 노미 회사의 라이터는 별님 왕국에서 좋은 반응을 얻었습니다. 그리고 수출량도 빠른 속도로 증가했습니다.

투자자금 유치와 수출을 통해, 위기를 겪던 이코노미 팩토리의 재

정상황도 안정적인 수준을 되찾기 시작했습니다.

이코는 이제 국내의 판매는 다른 사람에게 맡기고 해외 수출에만 전념했습니다. 이코노미 팩토리의 라이터 기술이 선진국인 별님 왕국으로부터 인정을 받으면서 다른 나라에서도 라이터를 수입하겠다는 제의가 들어오기 시작했습니다.

노미는 라이터 수출을 추진하면서 달님 왕국에 가장 많은 신경을 썼습니다. 달님 왕국은 아직도 라이터가 제대로 공급되지 못하고 있고, 특히 해님 왕국의 스무 배나 많은 인구가 살기 때문에 그만큼 많은 양의 라이터를 팔 수 있기 때문입니다. 이코도 달님 왕국의 시장 상황과 라이터 판매 상황을 살피기 위해 몇 번이나 달님 왕국을 방문했습니다.

달님 왕국에 대한 라이터 수출량이 하루가 다르게 증가하고 있던 어느 날이었습니다. 달님 왕국에 출장을 가 있는 이코로부터 급한 전화가 왔습니다.

"무슨 일이야?"

"달님 왕국에서 우리 라이터에 엄청난 관세를 부과한대!"

"관세를?"

"달님 왕국은 아직도 성냥공장이 대부분이고 라이터 공장이래야 몇 개 안 돼. 그런데 우리가 라이터를 판매하니까 달님 왕국 국왕이 자기네 성냥과 라이터 산업을 보호하려고 수입되는 라이터에 아주 비싼 세금을 물려버렸어."

"그렇다면 우리가 아무리 싸게 수출해도 달님 왕국 현지에서는 비싸게 팔린다는 거잖아?"

"응, 이건 너무 불공정해. 달님 왕국에서도 기름값을 마음대로 정해서 수출하잖아. 당장 왕궁에 알릴 필요가 있어!"

"정말 큰일이네. 일단 달님 왕국 수출 문제는 상황을 더 지켜보면서 결정하자. 필요한 것이 있으면 또 알려줘."

"응. 알았어!"

노미는 그 소식을 왕궁에 알렸습니다. 왕궁에서도 이미 달님왕국의 조치를 알고 있었습니다.

며칠 뒤, 해님 왕국 왕궁은 달님 왕국의 보호무역 조치를 비난하는 발표를 하고 달님 왕국으로부터 수입되는 축구공에 대해 높은 관세를 부과했습니다.

그러나 달님왕국에서는 라이터에 대한 관세부과를 취소시키지 않았습니다. 무역 보복이 진행되면서 몇 달 동안 팽팽한 긴장이 계속됐습니다.

노미도 달님 왕국에 대한 수출이 순조롭게 진행되지 않자 애가 탔습니다. 그러던 차에 희소식이 들려 왔습니다. 해님 왕국, 별님 왕국, 달님 왕국 이렇게 가까이 있는 3개국이 지금까지의 보호무역정책을 폐기하고 자유로운 무역이 가능하도록 하는 자유무역협정을 추진한다는 소식이었습니다.

그 소식을 가장 반긴 것은 이코였습니다.

"가까운 나라끼리 무역장벽을 없애면 이젠 수출도 우리 왕국 내에서 판매하는 것처럼 쉬워질 거야!"

이코는 흥분된 목소리로 노미에게 말했습니다.

"응, 우리한테는 정말 좋은 소식이야."

"이건 내가 오래전부터 생각해 오던 건데 말이야, 자유무역협정이 체결되고 달님 왕국이 개방되면 달님 왕국 현지에 공장을 세우는 건 어때?"

"달님 왕국에?"

"응, 달님 왕국은 아직 우리보다 경제 수준이 낮으니까 봉급 수준도 낮아. 당연히 거기에 공장을 세우면 일하는 사람들의 봉급이 적어 라이터도 훨씬 싸게 만들 수 있어. 달님 왕국 현지에 판매하는 것도 쉬워지지. 그리고 우리 왕국 내에서 판매하는 라이터도 달님 왕국에서 만든 제품을 자유롭게 가져오면 되는 거야. 자유무역협정은 우리 같은 기업가에게 정말 좋은 기회인 셈이지."

노미는 이코가 이야기한 사항을 임원회의에서 이야기했습니다. 대부분 훌륭한 생각이라며 찬성했습니다. 그러나 팩토리 아저씨는 조금 다른 생각을 가지고 있었습니다.

"인건비 절감의 필요성에는 나도 공감한단다. 하지만 그렇게 되면 공장 직원들이 크게 반발할 거야."

"무슨 말씀이시죠?"

"인건비가 저렴한 달님 왕국에 공장을 세운다는 말은 국내에는 더 이상 라이터 공장에 일자리가 생기지 않는다는 말과 같지. 아마 더 줄어들게 될 거야. 자유무역협정이 좋은 부분도 있지만 문제가 생길 수 있는 부분도 꼭 생각해야 해."

"문제라면 어떤 것을 말하나요?"

"우리 왕국에서 일하던 사람들이 직장을 잃어버리는데 우리 라이터는 누가 살까? 다른 산업도 마찬가지야. 그런 점에서 내 개인적으로는 자유무역에 부정적이란다."

팩토리 아저씨는 물을 한잔 마신 뒤 계속 이야기했습니다.

"자유무역협정이 체결되면 라이터 몸체를 만드는 데 쓰이는 철광석이 별님 왕국으로부터 훨씬 싸게 수입되겠지. 하지만 철광석에 대한 세금이 낮아지는 것과 함께 별님 왕국에서 직수입되는 라이터 몸체도 싼값에 수입될 거야. 지금까지는 라이터 몸체에 대해 우리 왕국에서 높은 관세를 부과했기 때문에 국내에서 생산된 제품이 경쟁력을 가졌던 거지. 사실 국내에서 라이터 몸체를 만드는 회사는 별님 왕국 회사보다 기술이나 가격 경쟁력이 떨어진단다."

"이젠 철광석이 아닌 라이터 몸체를 우리가 수입해야 한다는 말씀이군요."

"그렇단다. 그렇게 되면 우리 왕국에서 라이터 몸체를 만들던 사람들은 직장을 잃게 되는 것이지."

"복잡하네요."

노미는 자유무역협정 속에 기회와 위기가 동시에 숨어있다는 생각이 들었습니다.

성냥 열두 개

더 훌륭한 회사로 거듭나다!

기업의 사회적 역할, 지속 가능한 성장

네가 처음 성냥을 팔면서 가난하고 어려운 사람들을 걱정했던 기억을 떠올려 봐!

하루는 왕궁의 관리가 노미를 찾아왔습니다.

"노미 대표님. 국왕의 친서를 가지고 왔습니다."

노미는 국왕이 직접 써서 보낸 편지를 읽었습니다.

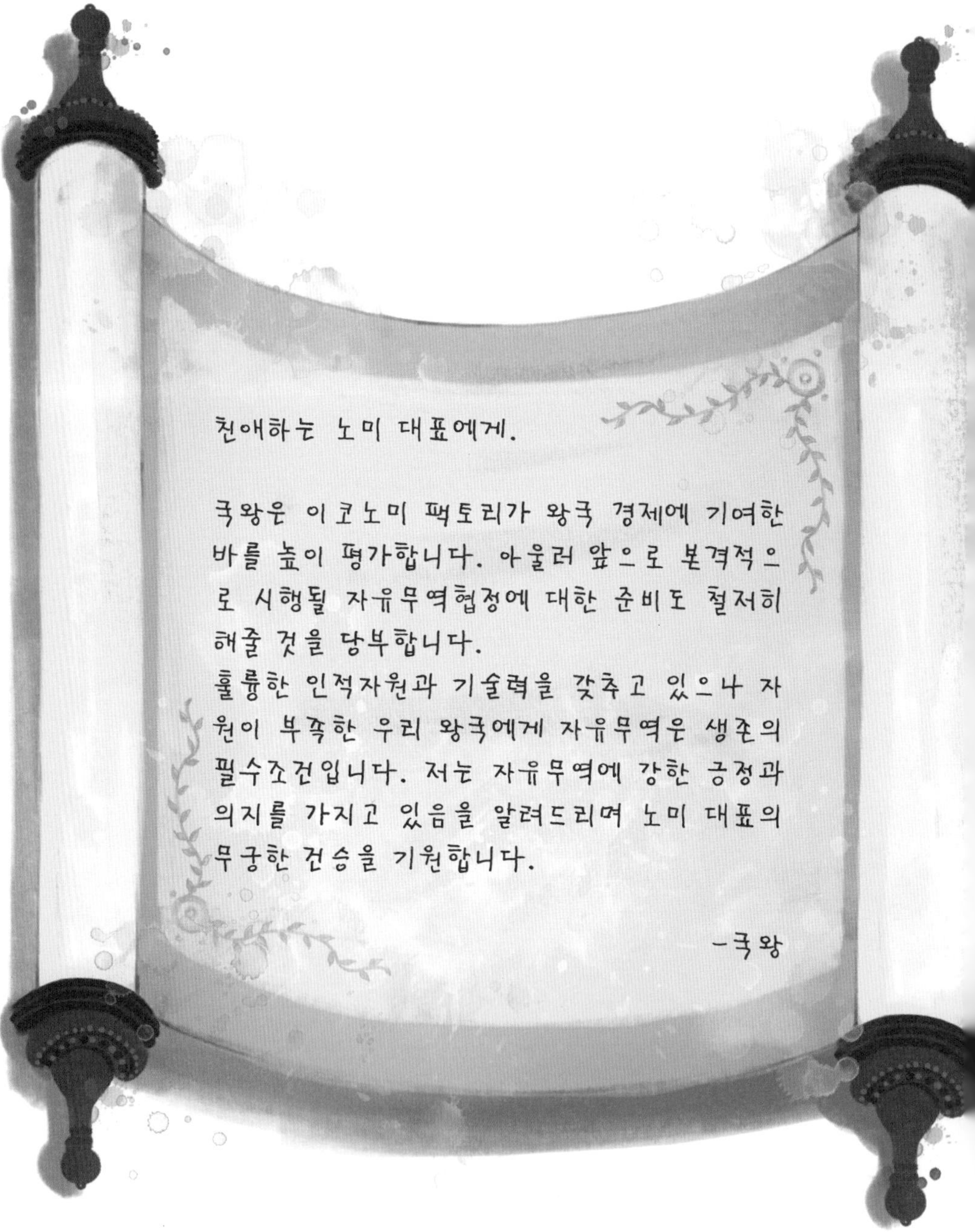

친애하는 노미 대표에게.

국왕은 이코노미 팩토리가 왕국 경제에 기여한 바를 높이 평가합니다. 아울러 앞으로 본격적으로 시행될 자유무역협정에 대한 준비도 철저히 해줄 것을 당부합니다.
훌륭한 인적자원과 기술력을 갖추고 있으나 자원이 부족한 우리 왕국에게 자유무역은 생존의 필수조건입니다. 저는 자유무역에 강한 긍정과 의지를 가지고 있음을 알려드리며 노미 대표의 무궁한 건승을 기원합니다.

-국왕

"노미야, 오늘 신문 봤어?"

노미가 편지를 다 읽자마자 이코가 사무실을 찾아왔습니다.

"무슨 새로운 소식이라도 있어?"

"3개국 무역대표가 늦어도 올해 말까지는 자유무역협정을 반드시 체결하기로 했대!"

노미는 국왕의 편지를 이코에게도 보여줬습니다.

이코는 기다렸다는 듯이 말했습니다.

"각국이 저마다 보완할 사항이 있기는 하지만, 자유무역에는 이미 공감대가 형성돼있구나."

"응, 시간이 얼마나 걸릴지는 모르겠지만 결과적으로는 자유무역이 시행될 것 같아."

자유무역은 다음 해부터 점진적으로 시행됐습니다. 각 나라는 가능한 품목을 우선 시행하되 향후 5~10년에 걸쳐 모든 품목의 관세를 최소의 수준으로 줄여나가기로 합의했습니다.

노미는 달님 왕국 현지에 달님 왕국 판매량의 절반을 생산할 수 있는 공장을 짓기로 했습니다. 그리고 나머지 절반에 대해서는 국내 공장에서 생산된 물건을 수출하기로 결정했습니다.

어느 날 달님 왕국 출장을 마치고 돌아온 이코가 노미를 찾았습니다.

"달님 왕국에서 우리 라이터 판매량이 줄어들고 있어."

"이유가 뭐지?"

"환율이야."

"환율?"

"응, 얼마 전 우리 왕국이 위기를 겪으면서 왕국의 화폐가치가 많이 떨어져 있었어. 그런데 조금씩 상황이 안정되면서 화폐가치가 정상적인 수준을 되찾고 있거든."

"달님 왕국에 처음 진입할 때와는 상황이 다르다는 말이야?"

"응. 달님 왕국과 비교할 때 우리 왕국 화폐의 가치가 상대적으로 비싸지면서 달님 왕국에서 생산되는 기름은 더 싸게 살 수 있지만 반대로 국내 공장에서 만든 라이터의 가격은 올라 달님 왕국 현지에서는 상대적으로 비싸게 팔려. 당연히 판매량이 줄어들 수밖에 없지."

"별님 나라하고는 어때?"

"별님 나라에서도 비슷한 상황이지만 달님 나라보다는 나아. 그래도 무역량이 늘면서 환율을 관리해줄 필요가 있어. 특히 국제적으로 통용되는 건 별님 왕국 화폐이기 때문에 우리 회사에서도 별님 왕국 화폐를 충분히 가지고 있을 필요가 있어. 환율변화에 따라 발생하는 차액을 최소로 줄이는 게 회사를 운영하는 데 도움이 될 거야."

노미는 회사의 자금을 관리하는 부서에 별님 나라의 화폐도 별도로 관리할 수 있도록 지시했습니다.

적극적인 수출전략을 실행에 옮기면서 이코노미 팩토리는 더 큰 기업으로 성장했습니다. 노미는 수출과 함께 신제품 개발에도 관심을 기울였습니다. 범보 박사는 수십 명의 연구원과 함께 신기술과 신제품을 계속해서 개발해냈습니다.

"이건 가스로 불을 유지하는 거란다. 단순히 불꽃을 만들어내는 것이 아니라 화로나 마찬가지지."

범보 박사는 '가스레인지'라고 이름 붙인 신제품을 노미에게 설명했습니다.

"앞으로 도시마다 가스 공급망이 구축되면 새로운 형태의 화로가 필요할 거야."

"왕국의 도시기반시설 구축계획을 면밀히 살펴볼 필요가 있겠군요."

"우리의 신제품을 통해 가스 공급망 구축을 앞당길 수도 있지."

범보 박사는 왕국에서 운영하는 국가안전보장 연구소에도 참여하고 있었습니다. 연구소를 통해 이코노미 팩토리는 왕국의 무기를 생산하는 사업도 벌였습니다. 특히 로켓이나 미사일과 관련된 기술력이 높아 최신의 미사일을 왕국군대에 납품하기도 했습니다. 거기에 더해 불꽃놀이에 쓰이는 폭죽도 생산해 불꽃축제를 더 화려하게 만들었습니다. 이코노미 팩토리는 다양한 분야에서 사업을 확장해나가며 점점 더 많은 돈을 벌었습니다.

하루는 임원회의에서 팩토리 아저씨가 지금까지와는 전혀 다른 형태의 사업을 제안했습니다.

"회사 이름으로 장학, 자선, 문화를 모두 포괄할 수 있는 재단을 하나 설립했으면 좋겠어."

"재단이요?"

"기업이 좋은 제품을 만들어 경제를 발전시키는 것도 좋지만 돈을 많이 벌수록 그만큼 역할과 책임도 커지는 법이지. 지금보다 더 많은 부분에서 사회에 기여할 필요가 있어. 우리 직원들에게도 단순히 봉급만 주는 것보다 더 나은 혜택과 기회를 준다면 생산성도 높아질 거야. 회사의 이미지를 개선하는 데도 상당한 효과가 있겠지."

이코가 맞장구를 쳤습니다.

"나도 동의해. 사람들은 우리가 라이터나 무기를 만들어 돈만 많이 버는 회사라고 생각해. 그건 노미 너의 이미지하고도 어울리지 않아. 네가 처음 성냥을 팔면서 가난하고 어려운 사람들을 걱정했던 기억을 떠올려 봐!"

노미는 잠시 생각에 잠겼다가 입을 열었습니다.

"우리가 너무 앞만 보고 달려왔군요."

노미는 모든 임원의 동의를 얻어 이코노미 팩토리 재단을 세우기로 결정했습니다. 재단은 많은 학생에게 장학금을 전달했고 가난한 가정의 아이들에게는 무료급식도 시작했습니다. 추운 겨울에는 혼자 사는 노인들을 찾아가 땔감과 반찬을 전해줬습니다. 또 연극이나 뮤지컬과 같은 공연을 열어 많은 사람이 관람할 수 있도록 했습니다. 해외의 난민을 돕기 위한 기금모금에도 참여했습니다.

사람들은 이코노미 팩토리를 점점 더 좋아하게 되었고 많은 학생은 노미를 가장 존경하는 인물이라고 대답했습니다. 사람들이 회사를 좋아하자 회사에서 생산되는 제품의 판매도 증가했습니다.

회사가 커지고 우수한 사람들로 조직을 구성하면서 노미도 한결 여유가 생겼습니다. 그리고 오래전부터 마음속으로 준비해왔던 개인적인 일을 시작했습니다.

"뭐 하고 있니?"

저녁 늦게까지 사무실을 지키고 있는 노미에게 이코가 찾아와 물었습니다.

"응, 조금. 할 게 있어."

이코는 이미 눈치챘다는 듯이 이야기했습니다.

"글을 쓰는구나. 연애편지 쓰니?"

"편지가 아냐."

"그럼?"

"내가 살아오고 또 회사를 운영했던 이야기들을 한번 정리해볼까 해서 말이야."

"정말 훌륭하군. 도움이 필요하면 이야기해!"

"응, 알았어."

노미는 곧 자서전을 출간했습니다. 자서전에는 하루하루 언 손을 녹여가며 성냥을 팔던 어린 소녀 노미가 이제 많은 사람으로부터 존경을 받는 대기업의 최고경영자가 되기까지의 이야기를 고스란히 담았습니다.

그 책은 어린이들과 힘겹게 삶을 살아가고 있는 사람들에게 큰 용기를 심어줬습니다. 많은 사람이 책을 읽고 또 선물도 했습니다.

노미는 학교로부터 초대를 받아 학생들 앞에서 강연도 하게 됐습니다.

그리고 늘 같은 말로 강연을 끝맺었습니다.

"여러분, 간절한 꿈을 꾸세요! 그리고 도전하세요!"

본 책의 내용에 대해 의견이나 질문이 있으면
전화 (02)333-3577, 이메일 dodreamedia@naver.com을 이용해주십시오.
의견을 적극 수렴하겠습니다.

성냥팔이 소녀 성공기

제1판 1쇄 발행 | 2018년 1월 1일
제1판 2쇄 발행 | 2020년 10월 5일

지은이 | 김경한
펴낸이 | 손희식
펴낸곳 | 한국경제신문 *i*
기획·편집 | ㈜두드림미디어

주소 | 서울특별시 중구 청파로 463
기획출판팀 | 02-3604-565
영업마케팅팀 | 02-3604-595, 583 FAX | 02-3604-599
E-mail | dodreamedia@naver.com
등록 | 제 2-315(1967. 5. 15)

ISBN 978-89-475-4290-6 (73810)

책값은 뒤표지에 있습니다.
잘못 만들어진 책은 구입처에서 바꿔드립니다.

제품명 : 성냥팔이 소녀 성공기 | 제조자명 : (주)두드림미디어 | 제조국명 : 대한민국
주소 : 서울시 마포구 성미산로1길 29, 3F | 전화 : 02-333-3577
*** KC마크는 이 제품이 공통안전기준에 적합하였음을 의미합니다.**
⚠ 주의 아이들이 책을 입에 대거나 모서리에 다치지 않게게 주의하세요.